COLLECTION
FOLIO/ACTUEL

Raoul Vaneigem

Nous qui désirons sans fin

Gallimard

Dans la même collection

TRAITÉ DE SAVOIR-VIVRE
À L'USAGE DES JEUNES GÉNÉRATIONS, *n° 28.*

Né à Lessines (Hainaut) en 1934, Raoul Vaneigem suit, de 1952 à 1956, à l'Université libre de Bruxelles, les cours de philologie romane.De 1961 à 1970, il participe aux activités de l'Internationale situationniste. Il a publié en 1967 le *Traité de savoir-vivre à l'usage des jeunes générations,* dont *Le livre des plaisirs* (1979), *Adresse aux vivants sur la mort qui les gouverne et l'opportunité de s'en défaire* (1990) et *Nous qui désirons sans fin* (1996) constituent le prolongement critique.

Pour Brigitte.

Pour Chiara.

INTRODUCTION

IMPERTURBABLE ET INCERTAIN EST CELUI QUI VAINC LE HASARD

Nous sommes dans le monde et en nous-mêmes au croisement de deux civilisations. L'une achève de se ruiner en stérilisant l'univers sous son ombre glacée, l'autre découvre aux premières lueurs d'une vie qui renaît l'homme nouveau, sensible, vivant et créateur, frêle rameau d'une évolution où l'homme économique n'est plus désormais qu'une branche morte.

Jamais le désespoir d'avoir à survivre au lieu de vivre n'a atteint dans le temps et dans l'espace existentiel et planétaire une tension aussi extrême. Jamais n'a été pressentie aussi universellement l'exigence de privilégier le vivant sur le totalitarisme de l'argent et de la bureaucratie financière.

Jamais enfin tant de populations et d'êtres particuliers n'ont été la proie d'un désarroi où s'entremêlent la plus apeurée des servitudes volontaires et la tranquille résolution de briser sous le déferlement de la jouissance et de la vie les impératifs marchands qui emmuraillent l'horizon.

Pour la première fois dans l'histoire se fonde une véritable internationale du genre humain. Elle s'édifie à l'instigation de la femme, sous la force irrésistible de son affranchissement. Aucun décret, aucun statut ne la régissent. Il lui suffit de cette volonté de vivre individuelle et collective qui du Chiapas à l'Oural invente une humanité dont le vieux monde usurpait le nom pour en nier la qualité.

Rien n'importe davantage que d'en prendre conscience, car elle est au cœur de notre quotidien.

Il peut paraître vain de rappeler en quelques pages les tenants et les aboutissants d'un état de corruption qui a gangrené en quelques années ce qui se dit, se pense et s'entreprend sous les prétextes les plus divers. Je n'ai rien souhaité que d'en tirer quelque lueur sur le débat auquel il m'a semblé que nul n'échappait : ou mourir de la rage résignée d'une société qui s'enlise dans l'ennui et l'inhumanité, ou prendre le plaisir de vivre et saisir à la gorge quiconque se met, au nom de l'économie, en travers de notre chemin.

Si, de ce que j'ai écrit, peu a été entendu, rien du moins n'en aura été récupéré par le monde où dominent la réalité de la mort et l'ombre d'une vie absente. En quelque incertitude, maladresse ou erreur où je me sois trouvé, je n'ai cessé de me reprendre au départ d'une existence chaque jour recommencée, à l'endroit même où s'opère une mutation que notre civilisation moribonde a toujours décrétée impossible.

J'apprends à vouloir tout et à n'attendre rien, guidé par la seule constance d'être humain et la conscience de ne l'être jamais assez.

L'économie parasitaire,
stade ultime de l'exploitation
de l'homme et de la nature

La marchandise a été la meilleure des choses dans le pire des mondes, celui qu'elle a produit. Il n'est pas un seul de ses heureux effets que n'ait payé l'infortune de générations condamnées à recueillir l'amertume d'une vie sacrifiée au travail.

En se consolant et en s'indignant d'une si déplorable destinée, la pensée philosophique et religieuse s'autorisait superbement à n'y rien changer. C'est une disposition bien arrêtée chez l'homme dénaturé que de dresser le bilan d'un désastre à la fin d'en démontrer le caractère inéluctable et de s'incliner avec sagesse devant l'injustice et le désordre.

L'obédience que justifiait hier la crainte des dieux, les lois du marché, auxquelles ils ont cédé la place, l'exigent aujourd'hui des peuples avec la même fermeté. Nous sommes confits en dépendance, et d'aller seuls nous effraie davantage que de ne trouver d'autre appui qu'en ce qui branle.

C'est pourtant le défi de la fatalité qu'il importe de relever maintenant que, dépouillée de ses fastes mythiques, elle n'est plus que l'esprit aveugle d'une économie épuisée d'avoir épuisé l'homme et la terre.

Écrire une histoire inhumaine de l'humanité aurait quelque mérite si elle n'encombrait pas déjà la mémoire d'une civilisation par tant de volumes célébrant la gloire des hommes qui se piquaient de ne point l'être. La fin d'une époque incite au raccourci. Lautréamont, en l'occurrence, demeure exemplaire : « J'établirai dans quelques lignes comment Maldoror fut bon pendant ses premières années, où il vécut heureux ; c'est fait. Il s'aperçut ensuite qu'il était né méchant : fatalité extraordinaire ! »

Une économie de cueillette existait avant que l'agriculture et la métallurgie fussent extraites de la terre comme le travail l'était de l'homme. Elle opérait un prélèvement sélectif parmi la profusion des biens de nature, elle encourageait l'instinct créateur de cette espèce se dégageant lentement de son animalité originelle. Dans le soin de les parfaire et d'en pratiquer socialement l'usage s'esquissait un dépassement du caractère purement adaptatif, qui formait le génie de la faune et de la flore.

Si l'on en croit les archéologues qui fouillèrent leurs sites, hommes et femmes menaient une existence distincte mais non séparée, vaquant à leurs prérogatives, sans qu'aucun s'assurât quelque supériorité sur l'autre.

Une symbiose unifiant les êtres et les choses dans leur milieu naturel et pour ainsi dire matriciel laissait augurer une certaine harmonie dans le progrès conjoint des mœurs et des techniques, qui en soutenaient l'affinement.

Les variations climatiques ont-elles joué en défaveur des femmes, à qui incombait l'apport en nourritures végétales ? La chasse, où s'était le mieux perpétuée l'animalité de la ruse et de la violence prédatrice, a-t-elle soudain prévalu, instituant sur la femme et sur la terre une domination que l'homme avait coutume d'exercer sur la bête avec les armes qui donnent la mort ? À la main qui caresse et cueille succède alors la poigne de fer. Le glaive qui trace le sillon des semailles et laboure la chair engendre prolifiquement et tue de même.

En passant de la cueillette des ressources naturelles à leur exploitation par l'agriculture et l'industrie, l'économie, ou art d'administrer la terre, inaugure une histoire qui sera la sienne plus que la nôtre.

Elle fonde sur le pillage et la destruction une civilisation où le rapport marchand se substitue à la relation humaine.

Le travail prédateur qui s'est exercé sur une nature auparavant sollicitée dans l'exubérance de ses dons a coulé le progrès dans le moule de la régression.

Les hommes n'ont conquis la terre que pour s'en laisser exproprier par le système de profit et de pouvoir dont ils tenaient leur conquête. Ils se sont élevés au plus haut degré d'une science qui les rabaissait, celle de s'adapter à un univers que le progrès de la marchandise transformait en leur nom.

Perfectionnant une habileté que la bête pratiquait pour capturer le faible et se soustraire au fort, ils ont rabaissé, refoulé, tourné en divertissement la capacité humaine par excellence, celle de se créer en recréant le monde.

À quoi l'économie d'exploitation doit-elle son progrès ? Au coup d'arrêt porté à l'évolution d'une humanité qui progressait en accord avec son milieu naturel, lui prodiguant en retour le bien qu'elle en retirait.

C'est de ce temps-là qu'exsude, comme d'une jouissance entravée, l'angoisse unanimement tenue pour ontologique qu'ont entrepris d'exorciser le bruit et la fureur de l'histoire.

L'ÉTAT DES LIEUX

Les hommes ont renoncé à vivre pour assurer la survie d'une économie censée garantir la survie de l'espèce. Ils ont arraché à la nature des ressources qu'elle leur eût prodiguées sans limite, à peine de les restaurer, et ils les ont dénaturées dans le même temps qu'ils dénaturaient la femme, l'enfant et leur propre humanité.

Ils ont, avec la rage du profit et du pouvoir qui les rendaient étrangers à eux-mêmes, dévasté la planète jusqu'à un seuil de tolérance au-delà duquel il ne leur reste que la folie de se détruire ou la résolution de se recréer.

À quoi aura-t-il abouti ce travail si longtemps proposé à l'admiration des foules pour avoir accompli la tâche prométhéenne de transformer le monde en jugulant une nature réputée hostile et sauvage ? À dépouiller de son usage un univers rongé par la pollution et la corruption. Et à se trouver lui-même dépouillé du privilège d'assurer la survie des sociétés puisque les exploiteurs préfèrent aujourd'hui faire fructifier leur capital plutôt que l'investir dans des entreprises salubres socialement mais insalubres au regard de la rentabilité.

Tandis qu'en refluant dans le vide de la pensée contemporaine, les égouts obstrués du libéralisme prêtent au nom de Marx une sonorité incongrue, ses deux hypothèses les plus controversées, la baisse tendancielle du taux de profit et la paupérisation absolue, se vérifient.

Une oligarchie financière retient par-devers

soi un capital qu'elle juge peu fructueux d'engager dans le secteur industriel. Un prolétariat de plus en plus nombreux est spolié de ses acquis sociaux et voué à une misère dont la société de consommation lui avait ôté le souvenir.

L'accumulation d'argent improductif et l'état d'une terre épuisée d'avoir produit de la rentabilité au lieu de nourrir les peuples ne nous désignent plus aujourd'hui que l'impasse où a été menée une économie qui fondait ses succès sur l'exploitation conjuguée de la nature et de l'homme par l'homme.

Les sociétés n'ont changé qu'en raison des changements qu'exigeait une économie tributaire des progrès de la marchandise et du travail qui amendait sa facture.

La prépondérance de l'agriculture cède le pas à l'industrie sous la pression du commerce et de la libre circulation des biens.

Le nouveau mode de production tombe à son tour en désuétude au profit d'un vaste circuit de consommation où la marchandise gagne plus à se distribuer qu'à se manufacturer. Plus rentable enfin que la production et la consommation, la gestion du capital l'emporte et abandonne la planète à l'état de patrimoine foncier propre à la rentabilité et impropre à l'investissement.

Une mutation s'annonce. Elle marquera la fin de l'économie d'exploitation et l'émergence de nouveaux modes de production, issus des énergies naturelles. Elle restaurera la primauté de la valeur d'usage sur la valeur d'échange, et entreprendra d'humaniser la marchandise à défaut d'humaniser l'homme.

La désagrégation sociale et le désarroi des mentalités s'accentuent à mesure que le capital se retire lentement et sûrement du secteur de la production. Dans une atmosphère de corruption avérée et de parodique fin du monde, une économie épuisée s'emploie avec zèle à amasser ses ultimes bénéfices et à les concentrer dans le cercle d'une spéculation internationale où son inutilité est cotée en bourse.

Sous la forme économique qui dépérit naît confusément une manière de néo-capitalisme. Misant sur la reconstruction d'une planète ravagée, il en escompte des profits que viendront soutenir à plus ou moins longue échéance de nouveaux modes de production.

Notre époque se situe au point de

confluence et de divergence de deux sociétés dont nous ne voulons pas, l'une parce qu'elle produit la mort, l'autre parce qu'elle préfère à la vie son mensonge lucratif.

L'accumulation d'un capital qui se désintéresse du progrès social parce que le profit n'y trouve plus son compte ne laisse pas d'évoquer l'état de corruption où se tenait la France à la veille de sa révolution. L'essor de la marchandise se refrénait avec peine derrière les barrières d'octroi, les droits de l'homme s'exaltaient à pressentir dans la libre circulation des biens la libre circulation des idées et le capitalisme industriel en gestation, si loin qu'il fût de se réaliser, inspirait aux esprits en éveil le goût de l'invention et une volonté de bouleverser l'ordre d'un monde pétrifié depuis des siècles.

Le parasitisme d'une aristocratie pressurant le commerce et l'artisanat de taxes, d'impôts, de redevances, vivant de ses rentes et pratiquant la vénalité comme un art destiné à éclipser tous les autres offre *mutatis mutandis* bien des traits communs avec la bureaucratie affairiste dont l'inertie lucrative paralyse les sociétés.

L'une s'accroche aux privilèges que le mode de production agraire lui a conférés et dont il n'assure plus, en déclinant, que le support instable, l'autre fourgonne dans une économie en stagnation et fourrage ses ultimes ressources sans souci d'en produire de nouvelles.

Derrière la porte à peine entrouverte patiente ou piaffe un néo-capitalisme qui est au développement futur des énergies naturelles ce que furent aux centrales électriques les expériences de Faraday.

Le dynamisme des capitaines d'industrie et des vendeurs d'illusion monnayée s'est réfugié dans la seule gestion du patrimoine acquis. Une grande lassitude s'exhale du capitalisme de vieillard qui comptabilise ses rentes. On aimerait y percevoir la jouissance du paresseux, ce n'est que la léthargie du résigné.

L'argent travaille cybernétiquement. Les propriétaires d'actions et de capitaux achètent et revendent usines et entreprises qu'ils envoient à la casse sur un coup de fil afin de hausser le prix de ce qu'ils raréfient.

Le chômage croît avec les bénéfices. L'abaissement social élève les dividendes.

C'est une évidence que personne ne songe à masquer et qui s'avance avec une allure solennelle de réalité inéluctable. Dans le soliloque de l'économisme, le riche et le pauvre trouvent leur compte : abondance et manque d'argent s'accordent toujours à trouver l'avoir plus important que l'être.

L'économie d'exploitation puisait son dynamisme dans une conjoncture où l'expansion commerciale stimulait la nécessité de produire.

Le progrès des techniques appliquées au pillage de la terre enrichit la classe dominante, améliora par incidence la survie des exploités et attribua au travail, intellectuel d'abord, manuel ensuite, une valeur sacrée et universelle.

Dans la seconde moitié du XXe siècle intervint un changement comparable, par son effet sur la pensée et les mœurs, à la révolution à laquelle nous devions la fin de la suprématie agraire et de son despotisme séculaire.

La crise de surproduction qui essaimait partout sa misère venait de se résoudre, non par une insurrection générale pourtant espérée mais par une guerre mondiale. L'économie, ayant ainsi poussé au paroxysme le travail du sang et des larmes, découvrit dans le repos du guerrier et les plaisirs de la paix une source de profits moins aléatoire qu'en l'esclavage producteur.

L'activité laborieuse et le comportement autoritaire qu'exigeait son organisation se trouvèrent en quelques décennies englobés, avalés, digérés par une politique de distribution des biens, à laquelle accédaient les classes défavorisées soudain élevées à la prérogative de consommer.

Le privilège hédoniste, jadis réservé aux exploiteurs et que l'âpreté de tant de luttes sociales avait revendiqué, se démocratisait enfin, pour la plus grande satisfaction et des travailleurs et du capitalisme récupérant dans la recette des marchés ce qu'il avait déboursé en salaires.

La contrainte par corps, que huit heures de présence quotidienne à l'usine ou au bureau appliquaient sans ménagement, s'allégeait sous l'effet d'une grâce illusoire et d'une sollicitation sournoise prescrivant, à rebours d'une longue tradition, de s'adonner à des appétits charnels qu'une habile stratégie de vente s'entendait à exciter, à varier, à remodeler de fond en comble.

Si conforté qu'il fût par des siècles de droit divin ou républicain, le vieux pouvoir patriarcal ne résista pas à trois décennies d'hédonisme consumériste. L'autorité militaire, policière, religieuse, idéologique, familiale se délita sous le tassement progressif de la toute-puissance hiérarchique.

L'illusion du libre choix et la promesse fallacieuse d'un bonheur immédiat, payable à tempérament, eurent raison de cette rage de pouvoir si enracinée socialement qu'elle passait pour un des traits dominants de la nature humaine.

LA PRODUCTION SACRIFIÉE À LA CONSOMMATION

L'émergence d'un marché de la consommation garantissant au capital une plus-value qu'échouait à sauvegarder l'essor faiblissant de l'industrie et de l'agriculture n'a pas peu contribué à jeter le discrédit sur l'activité productrice.

Le capitalisme, dont elle avait été le moteur, s'est pris à la percevoir comme sa part maudite. N'était-elle pas grevée par le harcèlement de revendications ouvrières de plus en plus exorbitantes ?

À quoi s'ajoutait maintenant cette effervescence écologique, forte d'une outrecuidance dont la mode l'autorisait et qui opposait des obstacles juridiques à l'habitude de saccager et de polluer la nature. La réalité d'où elle était issue n'offrait, au demeurant, rien qui pût réjouir quiconque est attaché à l'inexorable progression du profit : la ponction d'une rentabilité insatiable aboutissait à l'épuisement des ressources minérales, végétales, animales et humaines.

L'idéologie pacifiste que l'expansion d'une économie de marché propageait à la terre entière ôtait graduellement à la production le secours de guerres protectionnistes, dont l'intérêt devenait obsolète au regard des entreprises internationales gérant partout des sites de consommation.

Surtout, la surproduction se soulageait plus aisément de ses engorgements en excrétant ses surplus à l'usage des pauvres qu'en misant sur une industrie de guerre.

Le mode de production faisait le pouvoir. Il l'a défait en abdiquant au profit d'une consommation proliférante, gage d'un enrichissement rapide et, croyait-on, moins aléatoire. Les valeurs religieuses et morales qu'il avait imposées aux mots, aux pensées, aux comportements, aux gestes par lesquels se reconnaissaient les individus et les sociétés l'ont accompagné dans son déclin et sa désuétude.

Comme il était prévisible, les travailleurs préférèrent à l'activité contraignante de l'atelier et du bureau la nonchalance qui les guidait par les travées et rayonnages des usines de consommation. Une illusion scientifiquement programmée les confirmait si bien dans l'impression de choisir librement parmi les biens disposés à portée de main qu'ils ne rechignaient pas à les payer en sortant.

L'obligation d'aller au travail nourrissait la violence de terribles refus ; l'invitation pressante à consommer amadoua le plus grand nombre, dans un premier temps. Seuls les plus démunis et les plus conscients de la duperie furent saisis par l'envie de détruire ce dont ils ne pouvaient ou ne voulaient acquitter le prix.

En privilégiant l'hédonisme sur l'austérité laborieuse, le consumérisme fournit des armes à la contestation de ce travail qui était l'essence de la production. Son utilité sociale, sa contribution au confort et à la satisfaction des besoins prioritaires parut secondaire en regard du salaire grâce auquel s'obtenait le droit de fréquenter les bazars du bien-être plébiscité.

La dernière vertu reconnue au travail, c'est qu'il permet de consommer. Sa valeur ultime est une valeur consommable et le marché en détermine le prix, quelles qu'en soient la qualité et l'utilité.

Comme une marchandise s'estime plus par absence que par pléthore, il est aisé d'inférer que, dans les facteurs appelés à en déterminer le cours, le chômage est mieux placé que les nécessités dont se prévaut une société.

La prééminence accordée à la consommation contenait en germe l'état parasitaire auquel l'économie d'exploitation atteint au stade final de son développement et de son déclin.

La logique de rentabilité qui gouverne l'évolution marchande induisait à accroître la marge bénéficiaire en diminuant le prix de revient et la qualité des produits proposés à l'achat.

Plus la marchandise perdait son usage utile

et se dégradait en gadgets et succédanés, plus la tromperie et l'escroquerie réclamaient le secours d'une science de la mise en scène et en condition où les artifices conjugués de la mode, de la fatuité et des besoins préfabriqués prêtaient plus d'attraits au mensonge qu'à l'examen de son support.

Consommer de l'inutilité lucrative a encouragé à produire ce qui se pouvait vendre de plus vain. L'essaimage de détritus sous emballage prestigieux a donné la faveur à un secteur tertiaire qui avait pour fonction d'en forger le succès. Le *marketing* et les techniques de communication s'assurèrent dans le développement économique une part si importante que, s'éloignant sans cesse du concret, ils firent de la réalité marchande le lieu d'une existence fictive d'où la réalité vécue était bannie.

L'industrie, l'enseignement, l'agriculture, les transports collectifs vont à la casse tandis qu'enfle aux dimensions de la planète un système techniquement programmé pour convaincre les foules de renoncer à tout en faveur d'un marché international qui un jour leur apportera le salut.

La résignation paie très cher la promesse d'un avenir sans présent.

La prolifération de l'inutile et la raréfaction du primordial ne pouvaient trouver forme plus adéquate d'expression que la bureaucratie financière internationale dont l'absolutisme établit avec la société vivante un rapport d'extraterrestre. Qu'est-ce d'autre en effet que l'engeance dont les ordres émanent moins des individus que des impératifs de marché ?

Plus l'incompréhension sépare les agioteurs englués dans le calcul des rentabilités et ceux qui aspirent à vivre au-delà des mathématiques du profit, mieux l'intervalle est comblé par une information qui ne répond que d'elle-même, à laquelle il n'y a rien à dire ni à redire puisqu'elle engrange l'insignifiant dans la mémoire des résignés.

À n'être plus que le support d'une consommation surévaluée, le travail a perdu l'intérêt que lui reconnaissait un patronat dont il assurait la richesse. Il ne dispose plus que de l'estime lointaine et impersonnelle du marché où le salaire s'investit en camelote.

Produire n'est plus qu'une fonction subalterne dans la hiérarchie des affaires. En accédant à la grande distribution, le travailleur s'est habillé de dimanche avant de s'aviser que la semaine était sans fin. Mais si l'amertume l'a rattrapé au détour d'une existence inchangée, son comportement s'est altéré depuis que l'économie use du mensonge plus que de la violence pour le mener à son gré.

Il a plus d'indignation que de colère, il exige moins et quémande davantage. Bien qu'il décèle un enfer de dupes au sein du paradis consommable, il se conduit en débiteur conciliant et sollicite des délais de paiement auprès du système usuraire qui l'escroque.

Prisonnier d'un libre choix que lui imposent ses besoins programmés, il en arrive à ne concevoir l'indépendance qu'à l'intérieur d'un système tutélaire dont il redoute d'être exclu.

On ne lui demande que peu de choses pour être peu : travailler afin de consommer et se consumer à moindre coût. Comme l'important est de payer, qu'il lui suffise de s'épargner chaque jour davantage !

Quand, mise à mal par huit heures d'usine, son énergie achève de se dépenser en nuisances, il ne lui en reste guère pour contester un présent qui lui échappe et un avenir dont la faillite assure dès aujourd'hui le bénéfice des curateurs.

La survie, qui était la vie privée de tout, est ainsi programmée pour n'être plus rien.

Le déclin du secteur de production a précipité le dépérissement de l'État. Les gouvernements despotiques, les régimes militaires, les paternalismes ont été effacés de la carte de l'Europe occidentale, où l'économie d'exploitation a atteint son stade le plus avancé et sa conscience la plus lucide.

Le destin de l'État a toujours été solidaire de l'économie, à laquelle il prêta dès l'origine son modèle d'organisation sociale, et dont il reste le centre nerveux.

Sous quelque forme qu'il se rencontre — cité antique, fief, principauté, nation —, l'État a vu s'accroître sa puissance chaque fois que prévalait le mode de production agraire ou sa résurgence protectionniste, en conjoncture industrielle.

En revanche, l'impulsion du libre-échange produit l'effet inverse. Elle ouvre les frontières et les consciences, abat les remparts que cimentaient la peur du dehors et l'agressivité du monde clos. L'essor du commerce modère l'autoritarisme, chasse les tyrans, adoucit les rigueurs de la justice, atténue la peur du citoyen.

Le grand bond en avant de la marchandise n'a pas seulement ruiné l'empire stalinien, il a rongé jusqu'à l'ossature financière les États dont la prépotence, il est vrai, s'enlisait dans les sables d'une citoyenneté mouvante, depuis que les violences du producteur le cédaient aux nonchalances consuméristes.

Ses pouvoirs vacillants, l'État national les délègue maintenant à une instance mondiale, à une bureaucratie où la marchandise contemple sa conquête. Un nouveau protectionnisme, né de ce qui le combattait, s'apprête à défendre, contre les manifestations d'une vie irréductible à l'économie, l'espace spéculatif d'où l'argent voudrait régner sans partage.

Le travail a été ce que l'homme a trouvé de mieux pour ne rien faire de sa vie. Il a mécanisé où il s'agissait d'inventer une constante vivacité. Il a privilégié l'espèce aux dépens de l'individu comme s'il fallait, pour perpétuer le genre humain, renoncer à la jouissance de soi et du monde et produire sa propre inhumanité.

L'état de délabrement planétaire, auquel a mené la transformation de la nature en une matière morte, mériterait d'illustrer dans les futurs musées de la barbarie archaïque l'avertissement salutaire : « Apprenez à créer, ne travaillez jamais ! »

L'aristocratie des anciens régimes tenait pour ignoble l'activité laborieuse. C'était à juste titre et pour de mauvaises raisons.

Affublés de titres seigneuriaux qu'ils imputaient à quelque mandat céleste, les rois, princes, sacerdoces et hobereaux se prémunissaient de la sorte du sentiment d'être ni plus ni moins que des propriétaires travaillant à faire besogner leurs terres, des laborieux de l'esprit régnant sur le corps, des pions disposés sur l'échiquier de l'ordre et du désordre économiques en position privilégiée de tâcheron intellectuel.

La bourgeoisie, affranchie du mépris dont l'accablait la prétendue noblesse, auréola le travail d'une gloire que le prolétariat — ou du moins ses représentants — s'empressa de revendiquer alors qu'il en était la plus infortunée des victimes. Un tel malentendu fut sans doute moins étranger qu'on ne le croit à la longue résignation des travailleurs.

La conscience de produire la richesse et de

s'en trouver dépossédé sur-le-champ s'est si rarement alliée à la volonté de vivre que l'on se prend à soupçonner, pour cause de tant de renoncements dans l'action révolutionnaire et de fatalité dans l'échec, le pressentiment de n'échapper jamais, sous quelque société que ce soit, à la malédiction du travail.

Dans une économie persistant à saccager la nature, à quoi aurait-il servi de s'emparer des moyens de production et de distribution si ce n'est à gérer sa propre exploitation et servitude ? Les bureaucrates du prolétariat l'ont bien compris et ils en ont tiré parti.

Les démocraties populaires où sévissaient impunément la pollution, la corruption généralisée, l'avilissement des masses sont devenues, depuis que le monde libre régénéré par leur disparition officielle en a effacé l'idéologie désuète, de véritables modèles de sociétés vers lesquels nous oriente la gestion internationale du capital.

La cybernétisation des profits s'apprête à réduire à la portion congrue un travail condamné pour rentabilité décroissante. Le chômage, les baisses de salaires, la suppression des avantages sociaux affichent sur le tableau mondial des cotations boursières les mandements du Dieu capricieux régnant sur les marchés et sur les foyers. À chacun d'y sacrifier comme au vieux Jéhovah qui, accablant ses fidèles de malheurs, les menaçait d'en produire de plus grands s'ils cessaient de l'adorer.

Dépouillé des significations qui le dissimulaient à lui-même, le travail se révèle en son désastre planétaire pour ce qu'il fut dès l'origine : une destruction de la vie au profit d'une rentabilité qui finit par épuiser la survie.

Le déclin du secteur primaire a ôté à l'industrie le peu de sens social que l'artisanat lui avait légué en héritage d'une époque où prévalait encore la qualité. L'authenticité des désirs a subi la pression des faux besoins mis en place dans la psychologie individuelle comme sur les rayons des grands magasins. Ce n'était pas aller assez loin dans la dénaturation : réduit hier à un espace de production et de consommation, l'homme n'est plus maintenant, entre abscisse et ordonnée, qu'un point dans la courbe de rentabilité que trace, comme si elle régissait la destinée du globe, l'ordinateur du marché international.

L'économie s'enrichit aujourd'hui de l'argent mort. Tel est le dernier acte d'une exploitation de la nature d'où sortait une abondance de biens à détruire pour en rehausser le prix par la rareté.

La mort a toujours été appelée à régler l'étiage des surplus. Les guerres, les disettes, les épidémies remplissaient les devoirs de l'offre et de la demande. Le phénomène, en gagnant la planète, porte seulement la guerre à la vie tout entière.

Une logique aberrante rejette l'essentiel au nom du rentable et prétend régenter le sort du monde en rompant toute attache avec sa réalité vivante. C'est y souscrire que de fournir un tribut à l'argent qui se transfère d'un compte à l'autre sans plus toucher la terre épuisée par sa corruption. Il faudra bien un jour prochain cesser de payer.

LA FIN DU *WELFARE STATE* OU LA CONSOMMATION SACRIFIÉE À LA GESTION DU CAPITAL

Que subsiste-t-il des illusions engrangées par une société qui identifiait le bien-être à la consommation ?

Inférer d'une profusion de biens l'idée d'un bonheur immédiat a fait long feu. La décevante et amère fausseté en avait été ressentie dès l'instant où les commis voyageurs du marché international et les hommes politiques à leur botte s'étaient fait fort de vendre n'importe quoi à n'importe qui, et inversement.

L'excès du mépris sortit le consommateur d'une torpeur qui avait jusque-là bien servi les intérêts du commerce. Il se piqua au jeu de surenchérir sur l'excellence des produits dont il prétendait examiner de plus près la substance, et sur un libre choix, qu'il médita d'exercer en meilleure connaissance de cause.

On vit fleurir un consumérisme critique argumentant sur la qualité des cassoulets et des réfrigérateurs, s'inquiétant de nuisances écologiques, réhabilitant un goût fort altéré par la chimie des succédanés.

La logique mercantile, qui avait démontré son efficacité au temps des colonies, concevait mal qu'un prolétaire, accueilli dans un palais où resplendissaient les rêves d'une misère passée, rechignât à échanger son salaire contre une pacotille dont l'éclat l'égalerait aux riches, qui ne se refusent rien.

La consommation généralisée eut ainsi pour effet de propager un égalitarisme de marché. Le privilège des belles et bonnes choses s'abolissait de fait par la disqualification graduelle des biens proposés à l'achat, l'opulence n'ayant plus que le seul avantage de procurer une plus grande quantité d'objets nuls. La fronde vint d'un réflexe économique. En vouloir pour son argent sonnait comme la revanche d'une valeur d'usage par trop bafouée.

La raison marchande avait aisément déterminé que plus un produit est médiocre dans sa facture, conçu pour s'user rapidement, truffé d'ingrédients artificiels, plus il procure de bénéfices. S'il arriva qu'une nécessité aussi imparable fût battue en brèche c'est sans doute parce que, refusant de se rendre aux arguments de l'économie, une certaine raison de vivre ne s'était pas laissé circonvenir par une science en plein essor, qui excellait à mettre en scène par la cautèle et le mensonge le spectacle de la vérité.

Élus consommateurs en vertu des nouveaux impératifs de l'économie, les salariés se découvrirent une citoyenneté de marché. Ils souhaitèrent que l'on fît preuve de moins de mépris affiché pour leur santé, leur milieu, leur intelligence. De timides boycotts et la désaffection de la clientèle à l'endroit de nourritures par trop infâmes alarmèrent les milieux financiers sans que l'art de la communication sophistiquée parvînt à endiguer des récriminations dont il fallut tenir compte.

Il s'avéra que le secteur de la consommation n'offrait plus les garanties escomptées, il y a peu, en matière de profits immédiats. Un demi-siècle suffit pour que le *welfare state*, l'état de bien-être, passât de l'apogée au déclin. L'économie ne progresse qu'en se détruisant, selon une accélération qui croît avec l'ampleur de ses moyens.

Menacé dans ses prétentions démesurées par le consumérisme critique comme il l'avait été précédemment par les revendications prenant pour cible la productivité, le profit entra dans une stratégie de repli. Délaissant les secteurs où il s'amenuisait, il découvrit dans la gestion du capital accumulé un terrain propre à le faire fructifier sans encombres. Rien ne l'y peut contester que sa propre inflation. Le système économique dont nous sommes tributaires depuis des millénaires meurt dans le délire de son autonomie absolue, comme un Dieu résiliant tout engagement envers les hommes qui avaient eu la faiblesse de le créer.

La régression sociale et la baisse du pouvoir d'achat ferment les portes du paradis de pacotille promis aux jouissances salariales. Que ce faux bien-être nous soit ôté, là ne réside pas le mal, mais c'est aussi l'usage que chacun en pouvait faire en retrouvant l'usage de soi que la tyrannie du profit prétend nous interdire.

La séparation entre l'homme et l'économie, qu'il produit et qui le produit, a atteint un point de rupture. Exclus de la production et de la consommation, auxquelles ils étaient sommés de sacrifier leur vie en échange d'une survie garantie, les travailleurs se découvrent soudain en proie à une activité privée de sens et de substance. Ils sont de moins en moins, là où la rentabilité est de plus en plus. Les voilà mis en sommeil ni plus ni moins qu'un capital qui ne rapporterait plus d'intérêts, et que l'on réserverait au seul soin de ne pas se perdre.

L'économie d'exploitation a annulé successivement au cours de son histoire les diverses formes spirituelles dont son pouvoir se revêtait en s'implantant dans une cohérence sociale indispensable à son fonctionnement.

La religion a cédé la prépondérance aux idéologies dès l'instant où l'essor du libre-échange et de l'industrie a supplanté le vieux mode de production agraire, devenu inadéquat.

Le consumérisme a ôté son crédit aux idéologies, réduites à l'état de marchandises dans les interchangeables rayonnages où elles sont exhibées. La politique a soldé ses projets de société, au reste peu convaincants, et s'est appliquée au souci de satisfaire à l'hédonisme de sa clientèle. Au clairon de l'engagement et du sacrifice militants s'est substituée la serinette de la vente promotionnelle.

Les principes du marketing n'ont laissé à

l'homme politique que l'ambition d'être acheté. La volonté de puissance qui lui prescrivait hier d'en imposer au peuple et de le gouverner s'est émoussée dans le ridicule de prestations publicitaires surtout destinées à prouver qu'il est consommable sans danger.

Homme de paille ou commis voyageur de l'accumulation financière internationale, le politicien relaie dans un malaise croissant une information qui tourne à la vitesse de l'argent fou dans un délire autistique. Comment se ferait-il entendre alors qu'il dispose de moins en moins de mots et de plus en plus de chiffres ? Ce qu'il gagne dans l'estime de ses maîtres, il le perd en clientèle. Ainsi est-il induit à n'être bientôt plus qu'un homme d'affaires.

Les chiffres, en revanche, diffusent une peur sournoise. Le dénuement rhétorique dont ils se prévalent leur prête le caractère d'un argument péremptoire. Comment ne troubleraient-ils pas un prolétariat que l'inemploi transforme en comptable de ses manques à gagner plus que de ses manques à vivre ?

Il n'est rien de tel qu'une rationalité absurde pour répandre la peste émotionnelle et drainer vers un clientélisme d'obédience financière, de type mafieux, des foules désorientées par la difficulté de survivre et qu'une politique affairiste convainc de demander de l'argent plutôt que des idées.

La désagrégation de l'autorité patriarcale aura compté au nombre de ses effets heureux la fin ou tout au moins le déclin de l'instinct grégaire. Une conscience individuelle s'est éveillée qui considère la foule avec horreur et, quand bien même elle s'y trouverait mêlée, refuse de s'abaisser au niveau de son imbécile confusion.

Convenons qu'une telle disposition n'est pas étrangère à l'illusoire liberté de choix auquel le consommateur était convié dans le même temps que les impératifs mercantiles s'efforçaient de suborner son jugement.

L'émergence d'une critique s'indignant du peu de valeur d'usage de marchandises conçues pour le seul profit avait stimulé l'intelligence et démonté les mises en scène de la bêtise et du mensonge. Il en sortit une manière de vertu citoyenne à qui n'en imposèrent plus ni les manipulations secrètes des affaires publiques et privées, ni les décrets et mises en demeure que les gouvernements avaient coutume d'imposer sans en référer à quiconque s'avisait de récriminer.

Elle s'échine à mettre de la morale dans un domaine qui n'en a que faire. Si sa volonté éthique n'est pas une volonté de vivre, du moins ne s'en éloigne-t-elle que de cette distance du corps à l'esprit, qu'il appartient à la conscience d'abolir.

À l'égal de la nature, le corps a été le lieu d'une alchimie involutive où la matière vivante se transformait en marchandise par le biais du travail. Mourant dans l'objet d'échange qu'il devenait et renaissant toujours pour dépérir aussitôt, il n'a progressé vers un devenir véritablement humain qu'à travers une économie qui le niait.

La dialectique de l'immobilisme agraire et du dynamisme commercial a substitué à son rythme naturel d'activité et de repos un ajustement de fermetures et d'ouvertures caractérielles qui blesse, en les mécanisant, les exubérances et les apaisements de l'existence quotidienne.

La mentalité issue du mode de production agraire durcit la carapace musculaire. Effrayé d'avoir ou bien à renoncer à soi pour s'échanger ou bien à se changer en ce qu'il est, l'être s'érige en une citadelle fantasmatique. Il se bâtit un refuge contre un ennemi extérieur et chimérique, né de l'hostilité et de la peur qu'éveillent en lui ses propres désirs.

Par un mouvement adverse, la liberté du commerce l'invite à s'ouvrir sur le monde et sur lui-même. Il s'adonne alors à la tolérance, à la générosité, à un humanisme dont il apprécie les bienfaits et conteste les limites.

La première resserre les liens de la contrainte et de la frustration qui, se brisant, ne laisseront échapper que des libertés compulsives ; elle entraîne dans les bas-fonds de la bêtise où refoulement et défoulement gaspillent leur violence stérile ; elle se bride de puritanisme hypocrite et se débonde en libertinage morose ; elle précipite dans un mépris de soi et des autres, qui est la vertu des transactions lucratives.

La seconde nourrit les illusions que la marchandise emprunte au vivant qu'elle épuise. Si bien que, déçus par une liberté dont ils ont acheté l'ombre aux dépens de la substance, beaucoup refluent vers d'anciennes tyrannies qui, du moins, les opprimaient sans les tromper d'espérances.

L'immobilité n'entretient d'autre mouvement que la corruption. Tel est aujourd'hui l'état des sociétés que la bureaucratie financière gère comme son patrimoine et qu'elle taxe au taux usuraire de son inertie, car le temps du pourrissement est un temps qui rapporte.

L'hédonisme a été l'idéologie du plaisir consommable. Le passé en réservait la primeur aux maîtres de la production. La classe laborieuse l'a annexé à ses acquis sociaux lorsque la nécessité de consommer lui en a accordé le privilège.

Réprouvé par un moralisme prolétarien qu'entretenait le ressentiment d'un sort austère par nécessité, l'hédonisme s'entachait d'un double discrédit : il évoquait la morgue des exploiteurs et la veulerie des exploités prêts à trahir pour les miettes d'un festin. Le triomphe du libre-échange effaçant les frontières géographiques et morales, ruinant les empires de l'Est, jetant à bas les régimes despotiques et militaires, le revêtit soudain d'une aura de subversion.

Cependant, la rage de se consumer en consommant le rend à la réalité qui a toujours été la sienne. L'hédonisme est l'ombre vénéneuse de la jouissance interdite.

Diverses peurs le hantent, qui ne procèdent que d'une seule. L'oppresseur craint, en bâfrant, le courroux de l'affamé, le consommateur redoute de n'avoir plus de quoi le payer, le bon vivant perçoit dans sa hâte à « jouir de la vie » une course contre la mort dont il veut oublier l'issue, les esprits archaïques y tremblent encore des transgressions du péché ; mais tant de bigarrure dans l'effroi ne découle-t-elle pas d'un seul interdit, celui que l'économie prononce à l'endroit de la jouissance offerte par la vie sans quelque paiement que ce soit ?

L'hédonisme est le produit d'une économie, la jouissance est l'effet d'une création. Il n'est pas mauvais de le rappeler alors que la récession sociale obscurcit les consciences et enrobe des lueurs maladives du remords et du regret ce que l'hédonisme proposait de plus frelaté ; comme si quelque divinité avaricieuse et calviniste assimilait la triste licence des plaisirs récemment consommés à un péché qu'il fallût racheter par la macération et l'ascétisme.

À peine le marché des jouissances monnayables a-t-il retenti de rumeurs de faillite que les curateurs sortent de toutes parts et présentent la note de crédit. Ce qui n'est plus rentable tourne à la faute qu'il convient d'expier. Comment ? En comblant les déficits budgétaires et en acquittant les dépenses d'une administration dilatée par cette flatulence parasitaire qu'engendre l'inutilité lucrative.

L'EMPIRE DU LIBRE-ÉCHANGE

La démocratie est l'enfant du libre-échange. Trop pauvre en terres arables pour perpétuer les tyrannies agraires partout répandues dans les premiers temps, la Grèce, découvrant dans le commerce une source de plus grands profits, y puisa le concept d'équité, selon lequel le prix attribué aux êtres et aux choses doit équilibrer idéalement leur valeur d'usage et leur valeur d'échange.

En déterminant les droits du citoyen, la marchandise est devenue humaine tandis que l'homme devenait marchandise. C'est elle qui a réglé les termes du contrat social. Selon qu'elle privilégiait la violence de l'exploitation ou le mercantilisme évangélique, dispensant au-delà des forêts et des mers le salut des bienfaits qui se paient, elle penchait pour le despotisme ou pour une relative liberté.

Elle n'a cessé de mener l'homme où elle voulait aller, par cette exigence qui était en elle de croître et de multiplier. Ce qu'elle lui arrachait de vie, elle le lui rendait, non certes dans sa substance mais dans sa forme. Si estimables que soient les progrès de la médecine, les aménagements du confort, les droits sociaux et la démocratie, ce ne sont que des formes de survie.

L'empire du libre-échange a diffusé sur la terre entière un humanisme de droit cependant que le droit de vivre humainement n'est nulle part.

L'économie a fait l'homme à l'image de la marchandise, elle lui a prêté une valeur d'usage et une valeur d'échange. L'une le nourrit et nourrit ses semblables, l'autre lui assigne un prix, en raison non de ce qu'il produit mais de la quantité de biens qu'il s'approprie.

Tel fut le cours où se négocièrent successivement la suprématie de l'aristocratie terrienne et la domination de la bourgeoisie industrielle. La même estimation aboutit, avec la prépondérance d'une société de consommation, à un effet contradictoire : elle élève le prix de ce prolétariat qui jusqu'alors avait produit le plus et possédé le moins, et dans le même temps elle déprécie la richesse. L'impératif de consommer valorise, en tant que propriétaires avides de posséder davantage, ceux qui jadis n'accédaient pas à la marchandise qu'ils tiraient de leur travail. Et dans le même temps, la marchandise dévalue ; à force d'amoindrir la valeur d'usage, la valeur d'échange diminue à son tour et met en place un protectionnisme mondial où sa cotation tend à augmenter en circuit fermé, par le seul mouvement des spéculations boursières.

Tout est parodique dans ce qui semble émanciper le prolétariat. Échappe-t-il à l'abrutissement du travail dont le dispense une production automatisée, c'est pour tomber dans le laborieux ennui du chômage, véritable travail en creux dont la passivité exténue. À peine dispose-t-il des libertés de l'abondance qu'il se dénature avec l'agriculture concentrationnaire et se perd en faux besoins postés sur son chemin pour lui escroquer son salaire.

Il n'a jamais eu l'usage de soi, et il est maintenant exclu de la production, qui était son seul usage reconnu. Admis à la dignité économique de posséder un nombre croissant d'objets vains, il s'en trouve privé au nom d'un déficit mondial dont il serait la cause.

L'intérêt qu'il présente et qui le représente au regard des instances financières internationales est nul.

Le prix coûtant de sa survie accroît la dette publique, gérée par la bureaucratie, sa valeur d'échange n'est plus cotée, il ne lui reste qu'à disparaître. Il a déjà renié son infamante appellation, non pour se dépasser mais pour descendre plus bas, là où les pauvres s'entretuent, se volent et sont nourris par charité.

La seule restriction imposée au progrès des libertés, c'est qu'elles n'entravent pas le progrès du profit. C'est pourquoi l'histoire du libre-échange et des aspirations démocratiques qu'il encourageait tourne toujours en amères déconvenues les victoires remportées sur l'oppression.

Les élans de l'émancipation se brisent sur le mur que le profit rebâtit à quelques pas au-delà des murailles abattues de la tyrannie.

À s'étendre sans réserve, l'aire du libre-échange a atteint aujourd'hui les limites du monde exploitable.

Après avoir brisé les barrières d'octroi qui, sous l'ancien régime, entravaient son expansion, elle a démantelé la production pour s'emparer des espaces de consommation, mieux adaptés à sa cupidité insatiable.

Sa conquête s'achève et referme sur elle le cercle infranchissable où le capital, à défaut de se renouveler, en est réduit à exploiter son propre fonds. Le progrès de la marchandise et le progressisme social qu'elle drainait dans son sillage s'arrête là, où le monde épuisé par la rentabilité menace de l'épuiser en retour.

Où la marchandise a semé la liberté ne lève plus que sa tyrannie. Elle, qui avait ouvert à la libre circulation des biens, des personnes, des idées, la société obscure et close du protectionnisme agraire ou industriel, s'est faite, de république des lumières, empire de la corruption et du secret bancaire.

Régnant moins sur la terre que sur l'argent, elle s'érige en un totalitarisme condamné à l'implosion. Mais comme son profit provient de l'exploitation planétaire, elle identifie le monde entier à une masse monétaire.

Qu'en est-il du progrès social que le flot de la marchandise avait apporté et que remporte son reflux dans la pure rentabilité ? Il se dévoile dans son mensonge originel. Son imposture fut de substituer à une vie accomplissant sa destinée humaine un projet de survie dont l'histoire avait déjà démontré la nocivité et que confirme, dans la part de mort qui y prédomine, l'extinction des espèces végétale, animale et humaine programmée en fin de parcours.

L'économie d'exploitation qui se détruit en détruisant le monde n'en a pas pour autant laissé toute espérance. Contrainte à spéculer sur la baisse tendancielle du profit, elle médite encore de vendre son dépérissement à des actionnaires que le parasitisme fait prospérer. Le délire schizophrénique qui suggère de sauver l'Être suprême du marché par une manière d'holocauste planétaire a déjà esquissé son accomplissement dans ces sectes de plus en plus nombreuses où les intérêts financiers s'investissent brusquement, par le suicide collectif de leurs membres, dans l'ultime plus-value de l'au-delà.

Un humanisme abstrait a semé à tous vents les droits de la liberté et de la dignité, et ceux qui les recueillent ne sont pas seulement privés de leur usage, ils voient de surcroît s'étioler une survie qui, si insuffisante qu'elle fût, était au moins nécessaire au dépassement et à l'accomplissement d'une vie fondée sur l'émancipation des désirs.

La seule liberté effective est celle que la marchandise s'attribue de s'échanger contre elle-même et de n'avoir pas d'autre usage. L'avenir ainsi conjecturé s'écartèle entre la volonté de vivre et la puissance de l'argent qui la parodie et la nie absolument.

À produire seulement ce qui nous permettait de nous reproduire, nous avons agencé un univers où les événements et les choses, en se déterminant moins en notre faveur qu'à notre insu — et le plus souvent de manière hostile —, en sont venus à se vouloir produire sans nous.

Nous sommes gouvernés par une économie de marché qui prélève sa taxe sur le travail, nourrit de moins en moins le travailleur et agit cybernétiquement comme si elle se suffisait à elle-même.

Il existe bien une croissance économique mais c'est la croissance de profits investis en utilité boursière et non plus en utilité sociale.

L'ÉCONOMIE PARASITAIRE

Le stade parasitaire de l'économie est atteint lorsque la valeur d'usage tend vers zéro et la valeur d'échange vers l'absolu.

Le totalitarisme politique découlait du mouvement d'appropriation par l'État des moyens de production. Disposant du droit à la survie élémentaire et pourvus des frais d'entretien nécessaire à leur valeur d'usage, les travailleurs se voyaient déchargés du soin de libertés que la protection étatique jugeait superflues. Une idéologie, adéquate à l'effort exigé, intégrait la notion fondamentale de sacrifice à un système de pensée cohérent.

Le totalitarisme économique n'a plus besoin d'hommes politiques ni d'idéologies. Il lui suffit de fonctionnaires qui gèrent mondialement la dette publique et la faillite des États nationaux.

Les führers, leaders et autres chefs charismatiques n'ont pas résisté au critère de rentabilité selon lequel un patron vaut moins qu'un directeur de marketing, lequel n'arrive pas à la cheville d'un spéculateur avisé. L'agiotage, à quoi se réduit la pratique du pouvoir, n'en pèse pas moins du poids mort de l'argent sur la vie et les consciences.

L'économie totalitaire ne prive pas le peuple de ses libertés, elle prive seulement la liberté de sa substance vivante. Elle en fait une liberté marchande, qui s'achète, se vend, s'échange.

Elle présente néanmoins un trait commun avec le totalitarisme politique : on ne peut l'amender, il faut l'anéantir tout entière.

L'économie parasitaire n'a plus de matière à exploiter qu'elle-même. Elle délaisse la production et augmente l'impôt sur le travail. Elle se retire de la consommation et menace le consommateur de lui ôter son pouvoir d'achat s'il ne lui confie en dépôt son salaire, son épargne, ses allocations sociales, sa retraite, l'argent de la dépense quotidienne, que les banques réservent désormais à leur profit et prêtent à des taux usuraires.

Un véritable chantage s'exerce sur la survie. Il faut ou en payer le prix ou la voir fondre à l'état squelettique, qui était le sien par le passé et demeure l'ordinaire dans les pays du tiers-monde.

Chacun était hier invité à se consumer en consommant n'importe quoi. Le capitalisme géré mondialement a haussé d'un cran le cynisme des affaires. La survie est le dernier bien consommable. La bureaucratie financière en prélève à chaque instant le prix.

L'économie ne saurait mieux démontrer ou l'inutilité de la vie ou son inutilité à la vie.

Le circuit fermé de la spéculation boursière gère une bureaucratie qui a pour fonction de la gérer.

Il fut un temps où la nécessité de produire procurait des emplois et des denrées utiles à la société. Le délabrement politique est tel aujourd'hui que les gouvernements prétendent réduire le chômage en produisant des emplois sans nécessité, comme s'il importait à leurs yeux de fournir un salaire au lieu d'accorder une aumône.

Inventer un travail pour justifier un salaire semble un effet ridicule du clientélisme politique en faillite. Qu'on ne s'y trompe pas. C'est un projet de société.

Plus un produit, un service, un domaine est d'une flagrante inutilité, plus il est rentable. L'emploi est devenu, par la force des choses, parasitaire.

La rigueur logique de la marchandise à son apogée et à son déclin prescrit de fermer les écoles, de dégrader les services publics, de démanteler la sidérurgie et les textiles, de stériliser les terres, de polluer l'élevage afin de consacrer la part la plus importante des budgets à une gestion administrative qui la fera fructifier à son seul profit.

Ne cherchez pas où a disparu l'empire bureaucratique de l'Est : il renaît sous vos yeux, dans le respect des formes démocratiques, avec le même mépris des peuples et une absurdité si communicative qu'elle n'épargne pas les opprimés.

Que faites-vous d'autre que confier vos biens à des escrocs qui les bradent et vous intiment l'ordre de rétribuer leurs services ? Et vous ne trouvez pour les contester rien de mieux que de quémander auprès d'eux un peu de l'argent qu'ils vous volent.

L'histoire dépose, dans la dérision, son bilan pour solde de tout compte.

Le paysan buvait le lait de ses vaches, cultivait le blé, veillait à la fertilité de ses terres. Il a vendu bêtes et champs, qu'on lui remontrait d'un piètre profit, pour entrer comme travailleur dans un élevage concentrationnaire, où les céréales dénaturées se transforment en viandes martyrisées, et comme consommateur dans les supermarchés qui les écoulent en grande quantité. Il en est sorti avec le cœur en peine et l'estomac en carême.

Obéissant aux impératifs de rentabilité, l'usine agro-alimentaire l'a remplacé par une machine offrant le triple avantage de travailler plus vite, de n'exiger ni salaire ni charges sociales, de ne jamais revendiquer. L'entreprise agricole a bénéficié de surcroît de subventions que lui, travailleur et consommateur tombé en désuétude, payait de sa poche.

Le chômage le privant des quelques riens qui le privaient de tout, il se prend à regretter une activité laborieuse qu'il jugeait ignoble et une alimentation qui lui gâtait le goût. La maigre allocation consentie par l'État, il la dépense sans joie à la manière d'une machine qui se sentirait coupable d'être mise au rebut.

L'ennui le travaille comme le travail l'ennuyait. Il croit n'être qu'un parasite au degré le plus bas de l'infortune. Il se trompe. Il est le modèle d'un système qui fonde la fortune sur le parasitisme même.

Peut-être est-ce par solidarité avec un comportement populaire conforme à son esprit que le pouvoir bureaucratique promet de subvenir, pour prix de la résignation, aux besoins élémentaires d'un prolétariat qui à défaut de nom et de revendications relève officiellement de l'organisation étatique de la philanthropie et de la charité.

Il est dans l'ordre de la spéculation financière d'identifier les êtres et les choses à une valeur d'échange qui varie selon la loi des marchés. De là une prolifération qui, à l'exemple des croissances démographiques encouragées par les religions et les régimes archaïques, se condamne aux rééquilibres de l'autodestruction.

De même que la misère, la guerre, le massacre, la disette opèrent un nettoyage ethnique par la coupe sombre des charniers, de même n'y a-t-il d'autre sort prévisible pour une masse financière en expansion accélérée que l'anéantissement ; soit par la dévaluation et l'effondrement des cours artificiellement gonflés, soit par une reconversion qui la constituerait en capital initial mis au service de nouveaux modes de production.

Deux stratégies s'opposent dans le combat que le capitalisme livre contre lui-même. L'une laisse librement proliférer la valeur d'échange et enclenche une course folle de l'argent qui cancérise la société en multipliant les métastases affairistes. L'autre vise à contrôler l'accumulation débridée du profit, à s'emparer des réserves monétaires et à les restituer à la société comme son bien public.

La révolution de la vie quotidienne aura à liquider la première et à dépasser la seconde.

CONCENTRATION DU CAPITAL ET UNIVERS CONCENTRATIONNAIRE

La marchandise a fondé sa civilisation sur l'exploitation des ressources naturelles de la terre et de l'homme et sur l'échange des biens obtenus par le travail. De là procèdent tous les mécanismes qui ont gouverné jusqu'à ce jour les pensées, les comportements et les mœurs.

Comme Virgile conduisait Dante d'un cercle à l'autre de l'Enfer, l'économie déroule le fil d'une histoire qui est la sienne plus que la nôtre selon une évolution en spirale où chaque anneau s'ouvre sur un autre, qui tend à se refermer.

Le souffle vivifiant du commerce, qui avait aéré l'univers confiné de la cité agraire et des protectionnismes modernes, tourne au remugle. La baisse de profit, qu'entraînaient l'épuisement de la nature et la réaction de défense écologique, a érigé autour de l'argent une citadelle bureaucratique chargée de la protéger contre les revendications sociales ou tout usage que prétendrait en faire une option économique annonçant de nouveaux modes de production.

L'espace se rétracte à la dimension d'une cotation boursière. Le profit à court terme détermine un point concentrique d'où se règle la distance de notre horizon et celle-ci se raccourcit de jour en jour, tant il s'agit avant tout de rogner sur la longueur des échéances.

Nous pénétrons dans le dernier cercle : à produire le vide autour de soi, l'économie est entrée en phase d'implosion lente. Tel est aussi l'état prévisible de ceux qui abandonnent leur existence au soin de s'économiser.

La transformation du monde en ce qu'il offre de meilleur et de pire est un hymne à l'esprit d'entreprise. Le dynamisme capitaliste gardait trace de cette énergie qu'il arrachait à la vie pour l'enrôler dans la frénésie du travail et des affaires. L'enthousiasme a décliné et s'est éteint à mesure qu'un capital avaricieux préférait s'épargner au lieu de se reproduire en de nouvelles et aléatoires aventures.

Le vent de l'activité industrieuse imprimait aux sociétés occidentales un mouvement de vagues où les idées allaient et venaient, agitées par le tourbillon des passions. Une bonace a soudain succédé au tumulte des initiatives ignobles ou louables.

Une apathie générale consume les individus et les foules dans la corrosion du désenchantement, la morosité du jour qui se lève, une indigne résignation, la rage absurde de révoltes sans révolution.

Le parasitisme érigé en pratique par une rentabilité prioritaire colporte des comportements d'assistés, déclenche des réflexes d'obédience, remplace le poing sur la gueule par la main qui mendie.

Les sociétés occidentales, si fières de leur

spectaculaire niveau de vie qu'elles n'osaient s'avouer à quel point leur vie s'y dévidait sous la pression du lucre, se rencognent dans une frilosité d'autant plus ridicule qu'elles redoutent moins de n'être rien que d'avoir à devenir autres.

Un devenir, promis complaisamment au pire, rameute, pour un tour de piste éphémère et parodique, les valeurs mortes du passé. Les stupides résurgences du nationalisme et des religions ne sont que l'écume dérisoire du vrai danger : l'acquiescement suicidaire au sort qui nous est fait et par lequel une économie en dépérissement nous enjoint de dépérir avec elle.

Nous sommes conviés à nous appauvrir à l'endroit même de notre richesse afin d'enrichir une économie mondiale dont nous sommes exclus. Il faut mourir de faim dans un jardin fertile parce que l'intérêt du marché interdit de le cultiver.

Chaque fois que le capital a été amené — en dehors d'une accumulation primitive préludant à sa vigueur accrue — à se concentrer plutôt qu'à s'investir dans de nouveaux modes de production, l'histoire a connu un surcroît de barbarie.

Le regroupement monopolistique a provoqué les guerres sollicitées par la concurrence mondiale et soldées par le sang de millions d'hommes. Le processus d'étatisation a élevé au pouvoir les régimes totalitaires taillés dans l'idéologie fasciste ou communiste, et le nombre de victimes n'a guère pesé lourd dans la balance des paiements.

La gestion de la rente internationale en appelle au salut de l'économie en danger. Elle n'a pas besoin d'autres arguments pour instaurer un état de guerre larvé. Les hommes ne s'y affrontent plus entre eux — si ce n'est en des conflits locaux dénués de raisons plausibles —, ils se combattent eux-mêmes, balançant entre l'élan d'une vie qu'ils n'osent revendiquer et une résignation qui les porte à contempler, sans réagir sinon sans s'indigner, la dégradation de la planète et de leurs conditions d'existence.

L'objurgation tacite « appauvrissez-vous pour que s'enrichissent ceux qui mettent leur salut dans l'argent » aurait fait se soulever hier un prolétariat qui n'a plus aujourd'hui d'autre ennemi que lui-même.

Le fossé qui se creuse entre une production, peu compétitive dans la course au profit, et la gestion du patrimoine terrestre s'élargit aussi entre le citoyen et l'État, entre la société vivante et la société marchande, entre l'émancipation des désirs et une comptabilité qui les nie.

En ravivant l'attrait des nourritures terrestres, l'hédonisme publicitaire avait stimulé un goût du bonheur que refrénaient jadis les rigueurs de la productivité. La levée de l'interdit séculairement jeté sur les plaisirs avait éveillé chez un grand nombre le désir de jouir de l'existence sans en avoir à payer le prix. L'idée se frayait un chemin, que la vie est pure gratuité et n'a pas à s'économiser.

La récession qu'entraîne l'établissement d'un capitalisme parasitaire resserre soudain jusqu'à l'austérité des liens que la vente des plaisirs lucratifs avait considérablement relâchés.

C'en est fini de dépenser et de se dépenser sans vergogne ainsi que le consommateur y était invité par le discours dominant. Le manque à gagner le contraint dorénavant d'épargner et de s'épargner tandis que l'argent de survie qui lui est refusé reflue et fructifie entre les mains d'une oligarchie financière.

Récemment pressé de survivre au-dessus de ses moyens, il ne dispose plus, à titre provisoire, que des moyens de ne pas sombrer dans la disette. Du moins son sacrifice aura-t-il le mérite d'être parfaitement vain puisqu'il perpétue la survie d'une économie qui met fin à la sienne.

La réalité économique est une réalité économisée. L'univers s'y réduit à la dimension de l'argent. Quand l'immobilisme entretient le profit, le moindre geste coûte cher.

L'invention technologique déserte la production. Elle ne progresse plus guère que dans la cybernétisation du capital et dans cette science de la communication qui gagne si fort en utilité lucrative depuis qu'entre la société marchande et la société vivante s'est instauré un dialogue de sourds.

Le monologue bureaucratique a toujours supposé qu'à tant retrancher de la vie elle en restera sans voix et sans ressort.

La peur et la culpabilité que véhiculèrent pendant des siècles les religions et les idéologies exsudent aujourd'hui d'une économie réduite à sa vérité élémentaire, purifiée en quelque sorte des revêtements divins ou étatiques qui en exprimaient le caractère social. Son autarcie idéalement programmée prétend, selon le délire que relaient ses gestionnaires autogérés, se passer désormais de la société des hommes.

Ce n'est plus l'oppression d'un gouvernement ou d'un maître qui est redoutée mais la puissance de l'argent, si bien agencée pour être tout et partout que n'en avoir pas condamne au néant.

Sa libéralité avait mis l'homme et la nature à l'encan et au pillage, sa lésine clôture les enchères et, ne retirant plus rien des ruines, suspend les frais d'entretien. Tel un dieu tutélaire que n'engraissent plus les offrandes, l'argent se retire de la terre et des foyers pour rayonner d'une impalpable présence au-dessus du chaos de la pauvreté. Plaisir, savoir, confort, santé ont de moins en moins le recours de se vendre et de s'acheter et de plus en plus le devoir de se sacrifier pour assainir un budget où les intérêts privés se revendiquent de l'intérêt public non en vertu de ce qu'ils donnent à la société mais en raison de ce qu'ils lui ôtent.

Les exploités s'inquiètent d'avoir moins d'argent, les exploiteurs d'en avoir trop. Sa présence les tourmente, les uns parce qu'elle se fait rare, les autres parce qu'à s'accumuler de son propre mouvement il se condamne à disparaître.

La crainte qu'une existence ravalée à son mode de financement nourrit sur son avenir n'est pourtant qu'un des arguments péremptoires que la pauvreté produit pour se résigner au lieu de s'insurger. Elle oblitère une terreur mieux enracinée, celle d'avoir à prendre en compte la seule richesse qui ne soit pas comptabilisée, la richesse d'une vie qui exige d'être choisie avant toute chose.

Ce que l'argent prélevait sur le vivant ne retourne plus à la survie et reste à l'argent. Il achetait le travail des producteurs, des consommateurs, des citoyens ; il ne négocie plus que leur inactivité et leur résignation. Il ne leur assigne d'autre existence que réglée par les cours de la bourse et les déterminations du marché mondial. Il les veut à l'image de la passivité bureaucratique, où les affaires prolifèrent et se défont sous le regard impassible et glacé de l'intérêt.

Après avoir tout désacralisé en s'échangeant contre n'importe quoi, l'argent tente en vain de se sacraliser en ne s'échangeant plus que contre lui-même.

SACRIFIER LA VIE À LA SURVIE SACRIFIÉE

L'accumulation d'un capital sans emploi réduit à son état le plus sommaire une survie à laquelle les impératifs de consommation prêtaient les illusions d'une vie dont elle était l'inversion.

L'absolutisme financier engendre une paupérisation absolue. La ruine programmée de l'industrie, de l'agriculture, des services sociaux, qui obéissaient à la nécessité de satisfaire aux besoins élémentaires, répand sur l'Occident l'ombre des continents les plus déshérités de la planète.

À la misère d'avoir à produire et à consommer s'est ajouté le malheur d'être privé des rudiments qui permettaient au moins d'exiger pour l'existence une meilleure destinée.

Rien ne peut arriver de pire aux individus et aux sociétés que de se laisser gagner par le délire autistique où l'économie rêve de se survivre en anéantissant toutes les formes de vie qui lui permettaient de se reproduire.

La dégradation des êtres et des choses est la dernière forme de travail appelée à soutenir l'état de corruption de l'argent et de ses représentants.

L'économie qui changeait le monde s'est changée en une économie du déchet. Abandonnée à l'état de détritus, la nature dévastée compose en une fois l'excrétion et le repas d'une rentabilité qui dévore tout sur son passage et se dévorera elle-même.

Démanteler les usines et les services publics afin de préserver le dividende des actionnaires participe d'une gestion de l'immondice. Qu'adviendra-t-il de l'homme économisé ? Si inférieur à ses capacités qu'il se soit trouvé quand il disposait du confort, il court le risque de régresser plus avant. Il s'installe un modèle de société dont les ghettos urbains illustrent la barbarie. Dans les ruines d'une civilisation marchande où l'argent détermine toutes les formes de relation, des hordes de débris humains survivent en exploitant et en massacrant leurs semblables.

L'ère des derniers profits propose entre réalité et fiction des scénarios de films apocalyptiques dont certains sont tournés comme à titre d'exemple. La banlieue somalienne n'y est qu'à un jet de pierre du supermarché yougoslave où s'égorgent les Rwandais. Bien au-dessus des intérêts mesquins que poursuivent les mafias locales, la bureaucratie financière n'attend de bénéfices que du laisser-faire. Elle adopte envers le monde la sagesse pratique du promoteur immobilier, qui gagne davantage à abandonner jusqu'au délabrement une maison de rapport dont l'espace vide a un prix sur le marché, alors que les loyers de locataires vivants et remuants demeureraient inférieurs à la valeur spéculative du bâtiment, réalisable à tout instant.

Le sacrifice de la vie humaine à la nécessité de travailler a inauguré une logique de mort que mène à ses conséquences extrêmes le sacrifice de la survie aux impératifs monétaires.

Rien ne s'inverse plus vite en son contraire que les élans de la vie. L'histoire ruisselle du sang que répandirent, dans l'hystérie collective et la peste émotionnelle, les hommes découvrant au fil de l'anéantissement l'ivresse que leur avait refusée une vie tramée sur le renoncement. Quand elles se désabusent, les grandes espérances brisent avec une délectation morbide ce qui leur fut le plus cher.

Les causes recommandées aux enthousiasmes populaires ont régulièrement servi d'exutoire aux inclinations mortifères qu'excitaient les marches funèbres et militaires du sacrifice. La frustration sait tirer prétexte de la moindre raison pour exalter, au nom de la défense de l'homme, la torture, la haine, le mépris, la persécution.

Si la débâcle du patriarcat a jeté au rebut les nobles idéaux spiritualisant les conduites les plus ignobles, la sournoise séduction du suicide collectif n'en a pas pour autant renoncé à sévir. Alors que la cupidité succède, dans l'ordre des impératifs économiques, à la générosité des dépenses de marché et que l'existence se recroqueville sur sa vacuité, il n'est plus besoin de patrie ni de révolution pour mener à son terme une vie moribonde. La dérision suffit amplement à qui s'est déjà résigné à tuer et à mourir pour rien.

La séparation entre l'économie et la vie s'exprime lisiblement dans le non-sens que le discours bureaucratique revêt en regard du langage des désirs. L'empire de l'abstraction est l'empire de la valeur d'échange accrue aux dépens de la valeur d'usage.

Quand le travail abstrait l'homme de ses désirs, une relation concrète continue d'unir le travailleur et la fonction qui l'aliène. Lorsque la courbe variable des marchés décide du sort d'un métallurgiste ou d'un étudiant, une distance si considérable s'établit entre la cause et l'effet que l'aliénation semble relever d'un hasard capricieux ou d'une inaccessible nécessité plutôt que d'un chaos aux ordres d'intérêts bureaucratiques.

Comme un despote décidait jadis, par un ukase de quelques lignes, de la déportation d'un peuple entier, un plan d'assainissement budgétaire préconisé « au plus haut niveau » et dans une grande protestation d'intérêt public jette en un seul chiffre cinq cents, mille, cinquante mille personnes sur le pavé et dans le dénuement.

L'abstraction réduit la vie à une dimension microscopique qui donne licence de l'écraser par désinvolture ou inattention. Qu'attendre de ceux qui, acquiesçant aux raisons abstraites de l'économie, acquiescent à la solution finale du problème humain ?

À la différence des idéologies politiques dont s'habillaient les intérêts divergents de l'économie en progrès, l'économisme exhibe sa vérité et son mensonge dans l'assurance où il se trouve de ne retirer plus d'autres gains que de sa perte. Il met en scène sa faillite avec le zèle qu'il avait déployé dans le spectacle du bien-être.

Il annonce l'imminence du déluge et construit l'arche où prendront place — comme dans ces cités-refuges où se terrent les riches fonctionnaires — les élus du capital rentabilisés et les exploités enrôlés dans les cohortes mercenaires du clientélisme.

Des organismes privés aptes à gérer la misère prennent le relais d'un État chancelant. Les entreprises caritatives s'entendent à récupérer dans le démembrement programmé des conquêtes ouvrières l'argent de la Sécurité sociale, que les spéculateurs joueront en bourse et dont un quota retournera, sous forme d'allocations de survie, aux travailleurs que le système parasitaire aura réduits à la mendicité.

L'État réprimait au nom de la protection accordée aux citoyens. Il lui suffira désormais, pour exercer ses rigueurs, d'exclure de ses bienfaits ceux qui auront démérité de ses redoutables faveurs. Il tranchera en accord avec les instances monétaires internationales, et selon le traitement ordinairement réservé aux personnes considérées sous le rapport du calcul budgétaire.

Le théâtre médiatique quotidien met en lumière les intérêts complémentaires de la pauvreté affligée et de la richesse tutélaire. Un savant mélange d'ingénuité et de cynisme y avoue que la croissance économique signifie seulement la croissance du capital inerte, démontre que sa gestion rationnelle justifie les pertes d'emplois et affirme qu'en son succès réside la garantie d'une aide publique accordée aux laissés-pour-compte.

Que rien n'aille plus, en somme, et tout ira pour le mieux !

En traînant dans le discrédit les idéologies qu'elle avait engendrées, l'économie parasitaire s'est privée des dernières formes d'assentiment qu'elle avait su de tout temps suggérer.

Les despotismes avaient la ressource d'asseoir sur des mythes et légendes la croyance en un Dieu déléguant ses pouvoirs à une engeance providentielle. Les démocraties bâtissaient la fiction d'un peuple souverain dont l'intérêt public cautionnait les intérêts privés de ses représentants. La bureaucratie par laquelle l'économie intime ses dernières volontés n'a pour elle ni croyance ni pensée. Elle se forme dans la matière molle de l'inertie. La passivité qu'encourageaient pour mieux le gouverner les impératifs de consommation avait pour ainsi dire sollicité l'essor d'une communication techniquement agencée pour prêter une signification à ce qui n'a plus de sens humain.

Les mots n'y ont plus guère d'importance. La redite, la répétition, l'emploi quantifié leur prêtent un contenu éphémère. Beaucoup disparaissent comme si la réalité qu'ils désignent s'était effacée. Il n'y a plus ni exploiteurs ni exploités. « Capitalisme » est un terme désuet. La bureaucratie, comme la mafia, se doit de ne pas exister. D'autres changent de nature comme sous l'effet de manipulations génétiques. Parler de « privilégiés » fait référence non aux prébendiers de l'administration gestionnaire mais aux travailleurs et chômeurs dont les salaires, retraites, allocations grèvent la rentabilité des placements étatiques et privés.

La stagnation d'une économie impuissante à renouveler son mode de production se baptise « modernité », refoulant dans la faction réactionnaire l'ensemble de ceux qui rechignent à s'en accommoder.

« Travail » est un mot-clé adapté à toutes les serrures, dans le même temps que se ferment les grilles des usines et que l'avenir industriel se clôt sur un profit cybernétiquement collationné. La dignité de l'homme est exaltée au coin de la rue où règne la mendicité. Que signifie le discours humanitaire ? Qu'une prime à la misère coûte moins cher qu'un salaire.

La corruption n'a pas de meilleur garant que la pauvreté. En détruisant l'école, le logement, l'agriculture naturelle, elle prête une forme nouvelle au vieil obscurantisme religieux, si propice aux affaires.

L'homme lucratif est la parfaite expression de l'inhumanité.

L'économie qui a mécanisé l'évolution de l'homme et du monde n'est plus qu'un mécanisme grippé. Jamais sa réalité ne s'est révélée dans un tel dépouillement de mythes et d'idéologies qu'à l'heure de vérité où elle conjugue à sa puissance totalitaire une totale impuissance.

LA RÉVOLUTION ÉCONOMISÉE

L'histoire où les hommes se font pour se défaire n'a connu d'autres changements que sollicités par le développement des modes de production et l'essor de la marchandise. Ce que nous avons appelé « révolution » a toujours signifié un progrès dans l'affranchissement individuel, assorti d'un retour différé à la dépossession de soi.

La volonté de vivre a été le corps vivant et inaltérable de révolutions si bien décharnées et décervelées que nous n'en gardons plus en mémoire que le cadavre.

Rien ne pourra nous suffire désormais qu'une révolution de la vie quotidienne où seul ce qui change selon nos désirs change le monde.

La vieille question « Que faire ? » s'est toujours posée à l'instant où l'économie en apportait la réponse. Que l'étatisation des moyens de production ait fourni à Lénine l'idée d'un communisme destiné à réformer le monde et qui accoucherait en tout et partout d'un capitalisme d'État bureaucratique, c'est ce qui a depuis lors échaudé les idéologues : ils ont troqué les défroques du militantisme contre un attentisme critique et prudent.

L'art du commentaire est tout ce qui reste aux hommes politiques dont le marché mondial a fait ses affidés. L'intérêt immédiat les a dépouillés des illusions dont ils nourrissaient la crédulité populaire et qui confortaient chez eux l'impression d'exercer un pouvoir.

Les idéologues ont renoncé aux projets de société. Ils s'en tiennent à l'examen, voire à la contemplation, d'un monde qui se délite. Ils suivent cliniquement les progrès de sa dégradation et, à l'instar du capital faisant commerce de ses ruines, se découvrent d'ultimes et moroses satisfactions dans le constat que va pour le mieux ce qui ne va pas plus mal.

L'attente est aujourd'hui la réponse proposée au « Que faire ? » par une économie qui se rétracte, se retire dans sa coquille et fait de son immobilisme une source de profit.

Scoliaste de la décomposition, l'observateur compte les points qui marquent sa défaite. C'est une attitude que le pouvoir de la corruption recommande à tous car elle présente à ses yeux un immense mérite : elle dispense de s'interroger sur ce que, irréductible à l'économie, la vie qui subsiste en chacun peut entreprendre en faveur de l'humain.

Le mouvement des Occupations de Mai 1968 a été la dernière révolution commanditée par une économie en mutation et les prémices d'une transmutation de l'inhumain en humain.

L'époque fit soudain coïncider le regard du corps sur la vie enclose en lui et la perspective d'un autre monde, le nôtre dès l'instant où nous aurions aboli ce qui nous en tenait à l'écart. Pour la première fois dans l'histoire, la volonté de vivre y affronta à découvert cet hybride de la prédation animale et des mécanismes d'exploitation et de concurrence qu'est la volonté de puissance.

La bureaucratie financière s'inscrit dans la lignée des petits maîtres qui s'efforcèrent de conduire à leur profit une révolution dont ils firent de la sorte l'économie.

Ce que le processus marchand avait entraîné de bouleversements dans les mœurs et dans les sociétés se retrouve pour une part figé dans le présent. Une corruption générale a fait de l'amoralité joyeuse dont se revendiquaient les plaisirs une immoralité cynique appropriée aux affaires. La rentabilité se situe sans réserve au-delà du bien et du mal.

L'autre part de l'investissement marchand se récupère dans un hédonisme critique à travers lequel le néo-capitalisme se fraie un chemin vers de nouveaux modes de production. Il apparaîtra sans doute un jour prochain que l'accumulation monétaire aujourd'hui bloquée dans les circuits spéculatifs, aura constitué confusément le capital initial où l'économie, délaissant l'exploitation de l'homme et de la nature, puisera de quoi financer de nouveaux moyens de développement.

Seule la radicalité de la révolution — encore inconnue — de 1968 a ancré dans le cœur de chacun le projet d'une vie souveraine. Sa présence inaltérable est soustraite au regard par l'ombre d'une dénaturation qui prolifère et cependant ne l'atteint pas.

La radicalité est la racine de l'homme dont l'économie a entravé le devenir humain. Si précieuse que soit la conscience de l'intolérable, le refus du travail, de la culpabilité, des idéologies, de la contrainte, de l'échange exprime moins adéquatement le souci d'un affranchissement global que l'intelligence sensible suscitant, au sein d'un corps mécanisé par les comportements marchands, l'émergence de cette volonté de vivre qui, à l'opposite de la volonté de puissance, aspire à créer le monde pour en jouir au lieu de le détruire en se l'appropriant.

La révolution de 1968 a la particularité d'avoir été la première dont la prévisible récupération se soit trouvée dénoncée et récusée dès le départ grâce à la primauté conférée au vivant et à son irréductible gratuité.

Son cours tantôt visible, tantôt occulté se poursuit indéfectiblement. En freinant son élan, la bureaucratie stalinienne a remporté une victoire à la Pyrrhus qui a sonné le glas de l'imposture communiste.

Ceux qui, y voyant une révolution à l'ancienne, prétendirent la représenter ou la gouverner se retrouvèrent presque sans s'en apercevoir au rang des bureaucrates que l'économie avait recrutés pour gérer, après la vogue du consommable, l'ère du jetable qui l'avait supplantée. Ils ont trouvé, en accord avec leur nullité humaine, une place au sein du système parasitaire où l'argent s'autogère. Ils avaient déjà choisi de mourir à eux-mêmes en jouant les autoritaires, il ne leur restait plus qu'à rentabiliser leur agonie en travaillant pour un système qui stérilise le vivant par l'argent.

La seule défaite contre laquelle doive se prémunir la révolution de la vie quotidienne, c'est l'apparent triomphe dont la créditerait la mutation économique qu'elle contient en germe et qui une fois encore occulterait la volonté d'une vie stimulée par le changement.

La gratuité de la vie dans ses désirs et ses jouissances n'implique pas qu'elle s'obtienne sans un effort constant ; mais il est dans sa nature de se donner, non de se payer et de s'échanger, de se créer et non de produire un travail, de s'allier au vivant pour en parfaire le bonheur, non de s'en séparer pour le détruire. Tel est dans sa simplicité ce qui distingue radicalement la volonté de vivre de toute économie, dont le profit s'exerce à ses dépens.

La phase transitoire : de l'exploitation inhumaine à l'humanisme marchand

Nous avons à préparer une révolution de la vie quotidienne. Or ce qui s'annonce n'est pas le dépassement de la survie mais sa sauvegarde par le changement du mode de production.

Sortir d'une économie sans désir pour entrer dans une économie du désir ne nous suffit pas. La souveraineté du désir ne s'accommode d'aucune économie.

L'économie fondée sur l'exploitation de la nature et de l'homme ne représente qu'une période de quelques millénaires dans l'évolution de l'humanité, à laquelle elle a imposé un essai, passablement désastreux, d'aménager la terre.

Elle touche à son terme. L'épuisement des ressources planétaires tarit sa rentabilité, décourage la production de biens utiles, la conduit à se corrompre dans un état de stagnation où elle se résigne à gérer les revenus de son pillage. Mais il faut bien que le profit se renouvelle. Il sortira de l'impasse, où il s'est fourvoyé au risque de pourrir à force de s'accumuler en une masse monétaire confinée aux circuits boursiers.

La nécessité lucrative détermine lentement le capital inerte à se reconvertir en capital initial qu'exige l'investissement dans de nouveaux modes de production.

En rupture avec l'économie d'exploitation, un néo-capitalisme s'esquisse confusément à travers les réseaux parasitaires qui en paralysent le développement. Puisque dévaster l'aire terrestre et la société rapporte moins de bénéfices que reconstruire le milieu naturel saccagé, restaurer la valeur d'usage mise à mal par l'inutilité rentable, opter pour la qualité contre la quantité, promouvoir une éthique à l'encontre du parasitisme financier, ce néo-capitalisme projette de détourner le capital, mondial et sans emploi, en faveur d'une économie idéalement faite par tous et pour tous ; de l'investir dans la recherche d'énergies issues d'une alliance avec la nature.

DE LA CONSOMMATION CRITIQUE À LA PRODUCTION D'ÉNERGIES NATURELLES

La critique radicale de la consommation comme fonction aliénante s'est dévoyée dans un consumérisme critique, mieux adapté à l'évolution d'un marché que menaçait la prolifération de denrées médiocres. Tandis que l'économie parasitaire, à l'affût de profits à courts termes, adoptait une position de retrait, une orientation nouvelle tentait avec succès de réhabiliter le droit à la qualité, opposant à l'ennui et à la frustration des besoins falsifiés une économie de désirs aspirant à des satisfactions plus naturelles.

Un marché parallèle, concurrençant l'accumulation de l'inutile et de l'insalubre, en appelle à l'intelligence et au discernement du consommateur. Il entend restaurer l'équité des échanges, malmenée par une politique de la rentabilité absolue.

La notion de plaisir y renie son indispensable gratuité pour réintégrer par le biais de la valeur d'usage une marchandise à laquelle elle ne servait jusqu'alors que d'emballage publicitaire. L'hédonisme qui appâtait le client pour le rabattre vers la vanité de marchandises sans goût et sans attraits ne perd rien de son caractère idéologique, il l'enrichit au contraire d'une pointe de lucidité qui en justifie la servitude marchande.

Une conscience s'éveille qui revendique plus de transparence et de justice dans le rapport contractuel entre l'homme et l'économie, mais elle occulte dans le même temps les vraies revendications du désir.

Le consommateur éclairé ne résigne ni son rôle ni sa fonction, il les peaufine. Il se défend d'être ce pantin manipulé par les sciences de la communication et du *marketing* mais il parodie encore l'être humain qu'il tarde à devenir.

Travaillant à consommer et à se consommer mieux, il entend servir la marchandise afin qu'elle le serve utilement. L'économie parasitaire le sommait de s'annuler en payant très cher une nullité profitable à la seule bureaucratie de marché ; en réaction contre elle, il se rallie à la doctrine du juste prix, selon ce rêve de démocratie formelle qu'inspire le contrat d'équité entre valeur d'usage et valeur d'échange. Il y gagne une responsabilité citoyenne, résolue à pallier les déficiences de l'État et de ses services publics ; et ce militantisme d'un genre nouveau le dissuade de briser la contrainte de l'échange qui, le moment venu, le désabusera de ses affranchissements fictifs.

Le consumérisme critique sauve un marché mené à la dégénérescence par l'abus de la médiocrité et de la dénaturation. En réhabilitant le goût et la qualité, il évite à l'ensemble du secteur de la consommation cette autodestruction dont les épizooties et la réaction alarmée des citoyens menacent l'agriculture concentrationnaire.

Le chaos provoqué par la dictature du libre-échange a suscité d'abord, dans un mélange de panique et de lucidité, une volonté de se défendre contre l'invasion de produits frelatés, l'implantation de nuisances industrielles, la dégradation du paysage. Les associations de consommateurs tendent à passer d'un boycott spontané des marchandises avariées, que l'agro-alimentaire jette sur le marché, à un boycott conscient de favoriser une agriculture de qualité, une industrie non polluante et l'utilité des services proposés aux citoyens comme à une clientèle.

Mais quelque menace que l'économie parasitaire fasse peser sur la simple survie, il ne suffit plus aujourd'hui de rendre à une existence dévitalisée le confort dont la société de consommation avait su enrober l'amertume. La marchandise ne satisfait plus aux exigences d'une vie qui refuse d'être marchandée.

Il ne s'agit plus de se nourrir, de se loger, dc se déplacer, de s'instruire, de se rencontrer selon les critères d'utilité élémentaire. Nous ne voulons rien de moins que le luxe et l'abondance dont rêve chaque désir saisi par la passion de s'affiner.

L'économie parasitaire a si bien entrepris de tout chiffrer au rythme de sa rentabilité accélérée qu'elle a suscité la méfiance et la réprobation à l'encontre du quantitatif. L'ensemble des quotas budgétaires à quoi se ramenait la vie des citoyens n'était pourtant que la conséquence logique des calculs appliqués aux stocks de marchandises et aux échanges boursiers.

En soulignant l'importance primordiale de

la qualité, le nouveau courant économique se réfère explicitement à l'amélioration de la marchandise et implicitement à la qualité de la vie mais c'est encore l'échange qui prime sur la gratuité, désignant le point de radicalité d'où la révolution vivante détruira la révolution marchande.

L'instauration du marché de la qualité annonce le rejet du critère de quantité, jusqu'ici dominant. Que les choses commencent à se propager moins par impératif d'une rentabilité absurde que par l'intérêt vital qu'elles présentent les tient quitte peu à peu d'en passer par la multiplicité abusive, la répétition, le dénombrement.

La recherche de biens mieux accordés à la nature n'agit pas seulement sur les mécanismes purement économiques en prévenant la surproduction, elle influe sur les comportements.

Les collectivités marquent leur refus de la vieille réaction grégaire et de cette estimation statistique où l'humanité se dissout dans un calcul de probabilité. L'intelligence individuelle apprend à agir solidairement sans se renier dans l'abrutissement des foules. Une conscience se fait jour, elle perçoit la qualité de la vie comme une présence dont le rayonnement se diffuse sans qu'aucune majorité soit en mesure de la régenter par la loi du nombre.

À l'inverse de la survie, la vie n'est pas mesurable, elle croît mais ne se multiplie pas en se détruisant.

La raréfaction des bénéfices issus de l'exploitation de la terre et de l'homme avait plongé la valeur d'échange dans une manière d'affolement où, s'efforçant de se satisfaire de son propre mouvement, elle se déterminait à ne pas nourrir davantage ceux qui ne la nourrissaient plus. Mue par une réaction de sens contraire, la marchandise se cherche une utilité individuelle et sociale comme pour se libérer du système clos qui la stérilisait. Elle se redécouvre une valeur d'usage, elle quitte l'empyrée d'une bureaucratie céleste où elle n'était plus guère palpable que par le truchement de l'argent.

Le dernier avatar de la marchandise nous aura au moins confirmé à quel point elle se charge d'inhumanité dès qu'elle échappe à l'homme qui la produit et obéit à la logique de sa seule rentabilité.

À quoi aspire le néo-capitalisme en gestation ? À restituer à la marchandise une forme humaine selon laquelle elle se reproduira en produisant une nouvelle société, au lieu de dépérir dans le circuit fermé d'une bureaucratie parasitaire. En servant l'homme afin qu'il la serve mieux, elle récupérera pour le dynamiser un profit pris dans la nasse de la spéculation boursière.

Comme il subsiste dans un objet ou un service conçus pour l'agrément des individus et des sociétés plus de créativité que dans le gadget programmé pour s'user et se jeter à brefs délais, il entre aussi dans le travail utile et la relation marchande un peu moins de mépris et un peu plus d'estime. Assez pour comprendre que le refus du mépris et l'amour de soi impliquent la fin de la relation marchande et du travail.

C'est à nous qu'il appartiendra d'opérer la transmutation du travail de la quantité en qualité de création. La restructuration du travail qu'envisage le cours nouveau de l'économie ressortit au traitement de la marchandise rétablie dans son droit à la valeur d'usage.

À propager la frénésie lucrative de l'inutile à la vie, le parasitisme érigé en doctrine a dépouillé le travail de tout sens social, comme si sa vacuité en faisait un chômage en puissance. Le retour à la valeur d'usage incite désormais à trouver dans la reconstruction du monde une source d'emplois que tarissait jusqu'à présent la multiplication des travaux parasitaires.

Dans le même temps que le néo-capitalisme est induit à revaloriser le travail en stimulant l'esprit d'invention et de créativité, il se trouve confronté à un nombre croissant d'hommes et de femmes condamnés au sous-emploi de soi par l'inflation des services inutiles. Que fera-t-il des centaines de milliers de travailleurs s'affairant pour un salaire, en voie de disparition, à produire des nuisances et de la nullité ?

Un immense mouvement de reconversion se prépare, qui suppose, par un renversement global, que se réinvestissent dans le secteur primaire les énergies gaspillées dans ce tertiaire qui est le lieu du parasitisme bureaucratique. Si sollicité qu'il soit par un renouveau de conjecture économique, un tel mouvement ne peut procéder que des travailleurs eux-mêmes décidant de recréer individuellement et collectivement un territoire où les désirs de vie exercent une sollicitation souveraine.

Des suggestions, issues d'un passé récent et subversif, surgissent de l'intolérable résignation à laquelle ont succombé ceux qui, pour un salaire ou une rétribution, acceptent n'importe quel emploi : occuper les usines qu'une rentabilité escroquée par les actionnaires menace de fermeture, assurer leur contrôle et leur activité sans se soucier des normes de compétition bureaucratiquement manipulées, les reconvertir s'il le faut et produire des biens de qualité utiles à la région où elles sont implantées, rechercher dans les intérêts locaux cette assise qu'une conscience internationale consolidera partout où la lutte en faveur du milieu naturel dénonce le pouvoir de la corruption.

De telles recommandations ont le mérite de renouer avec une radicalité inaccomplie par le passé et d'en représenter le dépassement avec toutes les ressources indispensables pour l'accomplir. Chaque fois que le mépris de la vie a été poussé trop avant, il en est sorti, comme du fond de l'humanité opprimée, ou la rage de se détruire d'un seul coup ou la volonté de s'affranchir en la régénérant.

Nous ne délaissons pas un système d'exploitation qui a déterminé notre histoire jusque dans ses plus grands bouleversements pour nous obnubiler de leçons dont nous dispense l'apprentissage d'une époque où nous gouvernerons nos destinées.

Qu'on ne l'oublie pas : ce qui prête de la pertinence au vieux projet d'appropriation collective des moyens de production tient surtout au parasitisme d'une économie qui les galvaude et lâche la proie du dynamisme industriel pour l'ombre d'un profit à court terme.

Le prétexte de combattre la récession et la régression sociale ne renverra pas à l'usine et au travail ceux qui, plus que jamais, aspirent à y échapper. Les progrès d'une technique automatisant les tâches condamnent à la misère et au chômage des hommes et des femmes à qui il suffirait de s'en emparer pour s'épargner l'abrutissement et la fatigue, conquérir le loisir de se consacrer à eux-mêmes et s'adonner à cette absolue priorité de l'existence, qui est de créer les conditions favorables à son épanouissement.

Aucun travail ne vaut la création d'un monde qui nous en débarrassera.

Seule la propagation de coopératives agricoles misant sur la qualité de leurs produits viendront à bout de l'agriculture concentrationnaire. Seule la créativité individuelle et collective s'obstinant à perfectionner des énergies empruntées à la gratuité de l'air, de l'eau, de la terre et du feu rejettera dans les archaïsmes de la barbarie les effets corrosifs de cette rentabilité dont les pires nuisances chimiques, nucléaires et psychologiques ne sont que les conséquences.

Nous ne voulons d'autre guide de conduite que la qualité de notre vie et les moyens qu'elle approprie à se recréer sans cesse.

À mesure qu'un marché de la qualité supplante celui de la dénaturation s'affirme la nécessité de nouvelles forces productives alliées à la nature et non plus fondées sur son viol et son pillage. Nous nous acheminons vers une nouvelle société de cueillette, dotés de l'héritage technologique que nous a légué une civilisation plus apte à en user pour exploiter l'homme et le monde que pour les humaniser l'un et l'autre inséparablement.

La corruption généralisée par le système parasitaire a engendré une réaction éthique qui s'attache contradictoirement à la perpétuer et à l'anéantir. Elle joue l'ange exterminateur grâce auquel la bureaucratie s'amende et obtient un sursis et elle obéit, selon le formalisme démocratique dont elle participe, à la pression partout manifestée d'une mutation en cours dans l'économie, la société et les individus.

L'esprit d'une éthique universelle émane des idéologies politiques successivement ruinées par l'emprise du consommable et récusées par les intérêts financiers désormais en mesure de s'en dispenser.

En lui s'exprime l'aspiration du néo-capitalisme à rétablir la suprématie de la valeur d'usage sur la valeur d'échange. Il oppose au désordre de la marchandise proliférant sauvagement sous le régime mondial du libre-échange l'ordre abstrait d'un humanisme moins soucieux du coût des choses que de la qualité des biens et de ceux qui les produisent pour les consommer au lieu de les consommer pour les produire.

Le passage d'une économie d'exploitation à une économie de reconstruction de l'homme et du milieu naturel érige l'éthique en arme de défense contre les déferlements de la barbarie. Excédées par le pouvoir de l'argent et par sa corruption épidémique, les mentalités sont saisies d'une colère purificatrice. C'en est assez des agioteurs qui pillent, magouillent, escroquent les fonds publics, tournent les lois à leur profit, tirent du chômage une richesse sans emploi et de la décomposition sociale la garantie d'une stabilité bureaucratique.

Mais sur quoi se fonde une telle unanimité ? Quelles seront ses réformes ? Avec quel instrument se propose-t-elle de les mettre en œuvre ?

Rien ne se prend mieux au jeu de la pureté que la corruption. On en a vu plus d'une fois les effets.

Le projet ne manque pas de séduction, qui veut en finir avec le culte imbécile du gendarme et du voleur, des assassins de l'ordre et du désordre, des malversations légales et illégales. Nous ne voulons plus que la moindre tache de sang vienne sceller un contrat promulgué au nom du bien public.

Très bien. Mais quel pouvoir et quelle faiblesse que de se poser en justicier et de ne disposer pour seule balance que celle de l'équité marchande, si sujette à caution !

Il n'existe qu'une puissance capable de se prémunir contre les attaques de la barbarie, c'est le vivant et la conscience qui le porte non à se défendre mais à rayonner partout d'une volonté souveraine.

Ce ne sont pas les juges intègres ni le juste prix d'un être qui éradiqueront l'horreur enfantée à longueur de siècles par le monstre gémellaire du profit et de la volonté de puissance, c'est la volonté de vivre éveillée en chacun et suscitant cette sensibilité lucide qui découvre en elle-même les moyens de son ascendance.

Il existe un signe visible d'une évidence que tout conjure à occulter : la présence — attestée sur tous les fronts où la mort est combattue —, de la femme, de l'être par excellence qui offre à l'humanité le modèle de sa propre réalité en devenir : créer la vie et recréer le monde en sa faveur.

Le délabrement de la marchandise assujettie aux outrances de la rentabilité prête à l'éthique une valeur instrumentale utilitaire. L'arsenal des lois permet de pénaliser, de taxer, voire plus simplement de récupérer à des fins sociales l'argent engagé à 90 % de sa masse globale dans les circuits de la spéculation boursière. Le néo-capitalisme a besoin d'une telle accumulation primitive pour investir dans le développement de nouveaux modes de production. Il ne tolérera pas que la bureaucratie en dévoie une fraction minime pour entretenir dans un parasitisme de survie, assimilable au sien — à la modicité des revenus près —, un sous-prolétariat qu'elle espère enrôler dans un système caritatif de clientélisme.

Il exigera que l'argent abstrait, ôté à l'existence de millions d'hommes et de femmes, se concrétise dans un projet de nouvelle société. Il se veut une ouverture à l'endroit même où tout se refermait dans l'ennui, la désespérance et l'envie de détruire en se détruisant.

Il se propose de briser le ghetto des villes et des campagnes en conférant des attraits agrestes aux premières et des facilités urbaines aux secondes. Il ranime un dynamisme d'entreprise abandonné par une économie réduite à subsister sur sa propre essence, contre quoi nous étions sommés de nous échanger jusqu'à n'être plus rien. Il rend à la dignité de l'homme, si souvent égarée dans d'absurdes croyances et préjugés, sa réalité concrète, qui est de ne tolérer ni le mépris, ni la dépendance, ni l'indigence à laquelle réduit l'exploitation, ni les contraintes infligées au désir d'une vie heureuse, ni le recours à la peur et à la culpabilité.

Il revendiquera comme un droit la gratuité de l'enseignement, de la culture, des transports en commun qu'assurerait sans encombre une gestion collective débarrassée de la gabegie administrative qui les ruine.

Bref, il sauvera la marchandise en lui rendant son utilité, sa valeur d'usage. Il n'ira pas au-delà. Si aménagée qu'elle soit en faveur de l'homme, la valeur d'usage reste une valeur marchande.

En préparant le marché des énergies naturelles, le néo-capitalisme absorbe aussi l'élément qui le détruira à plus ou moins longue échéance : la gratuité. Ainsi s'annonce du fond d'une époque où le parasitisme économique prétend soutirer l'argent d'une survie à l'agonie, le temps d'une gratuité productive sur laquelle se fondera cette gratuité de la vie qui ne se revendiquera pas en vain.

LE MOUVEMENT DES RECONVERSIONS

Il est sans doute significatif, dans l'ordre emblématique d'une époque, que les premiers profits d'une industrie cherchant de nouvelles orientations proviennent du traitement des immondices. La ligne du progrès et du progressisme court désormais de la reconversion des déchets à la reconversion du vieux monde comme déchet.

Vaste travail ! À la montagne de détritus qu'exhaussait sans relâche le gaspillage lucratif de biens originellement gâtés s'ajoute l'amoncellement de ce qui nous a gâté l'existence : l'État, la bureaucratie, l'armée, la police, la religion, le travail, la famille.

Issu d'un accouplement entre la surconsommation de produits nuls et non avenus et l'agencement officieux du besoin de les acheter, l'engrossement du secteur tertiaire a enfanté une bureaucratie parasitant la société active, la tétanisant par ses ponctions financières.

Une réaction en sens contraire prescrit d'en revenir au secteur primaire, traditionnellement affecté à l'entretien de la survie et que démantèlent les intérêts d'un capitalisme usuraire.

L'essentiel, cependant, ne suffit plus à l'existence. Non seulement le confort et l'aisance grâce auxquels la survie escomptait tromper son ennui ont déçu les espérances, mais il est né de la richesse factice dont s'affublait le quotidien un sentiment de pauvreté vécue que rien ne pourra effacer si ce n'est la vie redécouverte et recréée.

Le minimum vital ne se borne plus dès maintenant aux moyens de se loger, de se nourrir, de se vêtir, de se déplacer, de s'instruire, de se rencontrer. Il entre dans les contingences du néo-capitalisme de nous combler sur l'accessoire. Il nous rendra la fraîcheur des légumes et des fruits en place des cultures chimiques, la saveur du bœuf en pâture au lieu des vaches martyrisées dans ces élevages concentrationnaires qui servent de modèle à l'ordonnancement des banlieues et des écoles. Il extirpera des paysages les tumeurs bétonnées dont les affligèrent les intérêts immobiliers et réinventera l'art d'habiter. Il épurera l'air des nuisances chimiques et nucléaires. Il ralliera à lui ceux qui n'ont pas résolu de mourir avec un monde qui se meurt. Mais de tous ces bienfaits il ne restera qu'un immense désenchantement si nous n'apprenons pas dès maintenant à prélever dans ce que l'économie nous lègue de plus aimable et de plus redoutable de quoi affiner sans trêve nos désirs d'une vie plus humaine. Jusqu'à cet état de grâce où le vivant ne crée partout que la vie.

Conjugué au repli protectionniste de l'argent et à la résurgence d'une mentalité agraire, l'affaiblissement de l'État se traduit par une régression à des pouvoirs archaïques : nationalisme, corporatisme, régionalisme, séparatisme, organisation mafieuse des ghettos urbains et du monde des affaires.

Se substituant à la providence étatique, une bureaucratie gestionnaire met en place un clientélisme où le citoyen, spolié de ses acquis sociaux, entrerait en dépendance d'organismes caritatifs et bancaires s'il ne se développait dans le même temps un refus de s'en laisser accroire, de tout subir pour argent comptant, d'être guindé sans broncher selon les directives des entrepreneurs de marché.

À force d'être flouée et mystifiée, une conscience citoyenne s'est sensibilisée à ce qui menace de la brimer à nouveau. Elle se focalise aisément dans des collectivités locales soudain mobilisées, par les intérêts d'une région, contre les fermetures d'usines, l'implantation de nuisances, la dévastation d'un paysage.

De telles manifestations n'obtiennent pas seulement leur soutien de l'attention qu'un nombre croissant de gens accordent à leur environnement, à leur milieu ambiant, aux friches et terrains vagues d'une existence dont la préoccupation aliénante les éloignait et qu'ils commencent d'examiner avec le regard rêveur et efficace du jardinier. Si diverses et si particulières qu'elles paraissent, l'écho de leur détermination se répercute partout où sévissent les mêmes pollutions, le même mépris de l'affairisme pour la vie. Entre les collectivités mobilisées pour la sauvegarde de l'homme, de la faune, de la flore, de la terre se tisse du Chiapas à Tchernobyl, de Curitiba à Francfort, de la protection des baleines à la restauration d'une sensibilité humaine au Rwanda et en Algérie, une unité où le vivant se cherche dans son désir et son affinement.

La recommandation d'agir localement et de penser globalement prête à une internationale de la révolution quotidienne une épine dorsale ridiculement frêle, inconsistante au point qu'on lui reconnaîtrait peu de chances de déconfire la formidable bureaucratie, réglant à son profit l'irrigation financière du monde, si une irrépressible obstination ne faisait prévaloir çà et là sur l'obscurantisme marchand les petites lueurs d'une passion qui n'en finit pas de s'embraser au contact du vivant.

Le renouveau de la femme et de l'enfant est le printemps du monde. C'est de la relation affective, dispensée comme le privilège de la vie, que naîtra l'alliance sociale jusqu'à présent interdite par l'économie d'exploitation.

La femme et l'enfant, dont l'émancipation atteste, à l'encontre du progrès marchand, le seul et véritable progrès humain, sont de nature à prémunir contre le vieux militantisme et le volontarisme sacrificiel qui, balançant entre pouvoir et prosternation, compensent par les aigreurs d'une critique abstraite leur incapacité à écouter les désirs et à en favoriser l'épanouissement.

La volonté de puissance qui ne se dissout

pas dans la volonté de vivre n'est plus désormais qu'une impuissance voulue.

Avec un peu de savoir-faire, la mutation en cours sortira l'économie de l'impasse où le système d'exploitation lucrative l'a menée. Mais c'est au-delà d'une reconstruction économique que s'annonce la seule mutation qui nous concerne vraiment, celle où s'affranchiront de l'inhumanité passée les conditions propiccs au développement d'une humanité naturelle.

Le parasitisme bureaucratique et financier a poussé à l'extrême cette abstraction qui, en s'éloignant des réalités terrestres, aboutit par son fonctionnement à exclure de ses intérêts la vie qu'elle prétendait régenter. Il entre donc dans la logique du néo-capitalisme d'en revenir au concret chez l'individu comme dans la société. Il y atteindra par le biais de la valeur d'usage, où le corps économiquement revalorisé n'en reste pas moins déchiré entre une fonction mentale assurant la commande intellectuelle et une fonction physique chargée de la manutention.

L'unité du corps avec lui-même et avec une nature recréant une symbiose implique la naissance d'un style de vie. L'homme nouveau s'y dépouille des archaïsmes d'un comportement mécanisé par les impératifs marchands ; le travailleur se découvre créateur ; la survie, qu'une insatisfaction permanente tournait vers la mort, invente avec l'alchimie des désirs une volonté de vivre que tout, hormis le rêve et l'espérance, lui dissimulait.

Toute conjecture est hasardeuse, mais est-ce s'avancer beaucoup que de soutenir qu'il se forme un parti de la vie, ou tout au moins un souci du vivant auquel s'attachent les intérêts d'une restructuration économique ?

Il cautionne un marché de la qualité où producteurs et consommateurs seront amenés à se fédérer pour briser le monopole des industries alimentaires, chimiques et nucléaires, sous l'empire duquel le poisson crève, l'herbe se dessèche, l'air s'empoisonne.

Le souci d'œuvrer à la qualité d'une existence quotidienne de plus en plus contingentée dans la froideur désespérante d'un budget inspire le combat mené contre un enseignement concentrationnaire qui constitue, selon les normes bureaucratiques dominantes, une réserve d'esclaves sacrifiés au profit. Cependant, ce qui demeure à mi-chemin devient inopérant. À quoi bon réformer des études si elles restent séparées des préoccupations quotidiennes où le vivant s'altère et se ranime sans cesse ?

C'est au point de création où se rencontrent vie et connaissance que prendra sa substance le projet d'un gai savoir, véritable paysage balisé de phares qui apprennent à apprendre seul en transformant la sécheresse érudite en un rayonnement d'art de vivre. Rien n'est plus précieux que la recherche d'une autonomie individuelle, seule garantie contre le clientélisme, les comportements d'assistés, le parasitisme de la dépendance, l'imbécillité grégaire qui furent la leçon permanente d'une société hiérarchisée et dont la bureaucratie financière fait sa litière.

Il est dans les pouvoirs d'une éthique, surgie comme un barrage contre l'inhumaine dictature du profit, d'exercer son contrôle sur l'expérimentation scientifique qui manipule génétiquement et psychologiquement les animaux et les hommes afin d'en extraire une rentabilité accrue. Cela ne suffira pas à crever l'œil du cyclope mercantile qui, percevant en chacun l'argent qu'il en peut arracher, déchiquette sans distinction bêtes et gens. Nous avons besoin d'une conscience sensible du vivant, d'une symbiose entre une nature réinventée et l'individu se recréant comme être naturel dans sa destinée particulière et selon le destin d'une humanité rendue à son progrès réel.

Après avoir servi les intérêts de la classe dominante, la justice se prend soudain à les vouloir contester. Sans doute obéit-elle moins au souci de défendre les exploités qu'au malaise dont souffre son principe d'équité marchande. Sa balance, si pipée qu'elle fût en faveur des puissants, s'affole sous le souffle vicié d'une corruption généralisée. Son mal est celui d'une démocratie qu'aucune instance dictatoriale ne menace de mettre au rancart mais que le cancer de l'affairisme ronge par l'intérieur.

Elle n'a ni la prétention de s'ériger en justice révolutionnaire, ni la tentation de se poser en justice populaire. Elle s'inquiète du surcroît de travail qu'entraîne la désagrégation d'une société livrée à l'exploitation immodérée du libre-échange.

À la vieille morale autoritaire, ascétique,

hypocrite a succédé un laisser-aller dont une loi unique, une loi d'airain, règle les débordements. Tout est permis pourvu que cela soit rentable. Il n'y a d'autre vérité ni d'autre nécessité que l'argent. Les interdits sont abolis de fait, à une exception près, ne pas payer, dont la transgression est punie de mort. Ainsi se reproduit dans sa pureté et sa cruauté originelles l'unique péché sanctionné par la civilisation marchande dès sa naissance, et d'où sortiront tous les autres : le crime de gratuité.

La nouvelle orientation économique restitue à la justice une fonction contractuelle à l'exemple de la transaction marchande, qui équilibre les intérêts du vendeur et de l'acheteur. Sa rationalité fait œuvre utile. Elle la débarrasse de l'ignoble résidu religieux qui identifiait l'erreur à la faute et en exigeait le rachat en un rite expiatoire, inauguré par la grand-messe des procès et mené à célébration par le châtiment suprême ou l'enfouissement dans un cachot.

Elle préconise de substituer aux peines et punitions un art délicat de prévenir et de corriger les déportements auxquels conduit le plus souvent le dérèglement de l'économie.

Le jeu malsain de la culpabilité qui culpabilise à son tour n'a pas sa place dans un apprentissage social qui vulgarise sur un mode utilitaire le principe « qui casse ne paie pas mais répare ».

Répugnant, en revanche, à sanctionner les petits délits alors que les entreprises gestionnaires nationales et mondiales fondent leur fortune sur l'extorsion de fonds publics, le détournement des acquis sociaux, la fraude fiscale, le racket de la population active, les malversations bancaires, le proxénétisme de la rentabilité, les magistrats s'avisent que la création d'une justice internationale offrirait une certaine efficacité à la lutte qu'il faudra bien mener contre un brigandage exercé impunément aux dépens de la terre entière.

Il entre dans les intérêts du néo-capitalisme en gestation de soutenir une opération de justice mondiale qui, appréhendant les responsables financiers de la banqueroute planétaire, les obligerait à rendre gorge.

Imposer les fortunes insolentes et exonérer les petits revenus, taxer sans réserve la masse monétaire drainée par la spéculation boursière, récupérer l'argent des fraudes fiscales intercontinentales, ce ne sont là que des mesures transitoires dans un projet plus vaste de reconvertir le capital parasitaire en un capital utile à la nouvelle société et aux nouveaux modes de production.

À nous de veiller alors à ce que l'argent mis au service de la vie ne remette plus jamais la vie à son service.

L'idéologie de la faute a provoqué et propagé ces tumeurs carcérales qui indiquent un état morbide du corps social. Il y a trop longtemps que les prisons dressent l'autel d'un cérémonial archaïque où la société exorcise la haine et le mépris qu'elle se porte. L'éthique néo-capitaliste s'autorise du respect de la vie pour en réclamer l'éradication, dans le même temps qu'elle suggère de bannir une fois pour toutes de nos mœurs la coutume, si communément reçue dans la réalité vécue et dans son spectacle, de verser le sang, de violer, d'opprimer, de menacer, de brimer, d'effrayer, de menacer, d'en imposer par la force et par la ruse.

Il subsiste néanmoins quelque chose de vicié dans d'aussi généreuses dispositions. Recommander, prescrire, exhorter, admonester, prêcher, harceler, n'est-ce pas en fin de compte en appeler au devoir et par là susciter une contestation où la cupidité de l'affairisme s'enorgueillira de dénoncer une contrainte pour identifier sa liberté à la liberté du profit et du mépris ?

Le plaisir pris sans réserve à la vie est le meilleur garant contre ce qui convainc de la détruire. Favoriser dès l'enfance la jouissance des êtres et des choses introduira dans les mœurs plus de changements heureux que prôner, avec l'angoisse de n'être pas entendu, la protection de la flore, de la faune et du milieu humain.

La fin de la délinquance, la proscription du meurtre et du viol s'obtiendront moins par la reconversion d'une société policière en société policée que par l'éveil de la volonté de vivre, par la conscience qu'il appartient à chacun de créer, à travers l'alchimie quotidienne du vivant, sa propre destinée.

Hors de la volonté de vivre, il n'y a que le mal de survie, cette longue agonie où la mort est quelque jour préférée à la misère et à l'ennui.

Le travail a toujours été une guerre menée contre soi-même. En le dépouillant de son ancien sens social, l'économie parasitaire a transformé le travail en un chômage actif. Elle l'a réduit à l'état larvaire d'une survie en quête incessante et apeurée d'un argent qui assure sa durée. Le travail est partout où l'on ne fait rien de sa vie.

Dans la nécessité où elle se trouve de développer de nouveaux modes de production, la renaissance économique a besoin, en revanche, de cette extraordinaire fécondité créative qui, à l'aurore de la grande industrialisation, multiplia les découvertes : l'électricité, le gaz, la machine à vapeur, le moteur à explosion, la chimie minérale et organique, la médecine moderne, les télécommunications auditives et visuelles. L'arsenal technologique dont nous avons alors hérité obéissait aux exigences de l'expansion marchande et portait le sceau de son ambiguïté. Il concédait à la survie le bénéfice d'un confort accru en y instillant le péril qu'un effet contraire la vînt anéantir.

L'économie nouvelle disposera sans doute du pouvoir de réduire le travail au profit d'un esprit d'initiative et de créativité mieux approprié à une production et à un marché de la qualité.

Mais comment échappera-t-elle à la malédiction marchande, si prompte à tourner à rebours les plus heureuses conséquences du progrès, si elle n'invoque à son secours la gratuité d'une vie absolument inconciliable avec ce qui s'en approprie pour l'économiser ?

Le progrès dans l'art et la science des guerres n'a jamais fait que traduire de façon régressive la volonté de se battre pour devenir humain.

La prolifération du consommable a fini par absorber et digérer la formidable puissance des armées. L'argent qui mène une guerre sans merci à la totalité de la terre ne tire plus avantage de ces conflits de grande envergure à l'occasion desquels les protectionnismes réglaient leurs querelles d'intérêts.

Le libre-échange omniprésent planifie une paix des cimetières planétaires sans autre violence que de tout étouffer progressivement sous les mailles de la rentabilité. C'est une mort lucrative et consentie, dans la fureur rentrée.

Une formidable technologie meurtrière demeure là sans emploi, désertée par une gloire militaire au chômage, récupérée par un marché où l'apparente efficacité détermine le prix mieux que l'usage qui s'en peut faire.

La spectaculaire démonstration dont l'Irak

a soldé la mise en scène a inauguré une vitrine où il suffit désormais à l'armée des États industriels d'exhiber sa perfection pour s'épargner une conflagration peu profitable au capitalisme financier international. Il est dans l'ordre de l'abstraction dominante que l'éclat du tonnerre se dispense de l'éclair.

Le déclin de l'autorité patriarcale a si bien déchu l'armée de sa prestance et de son pouvoir que, succombant à cette parodie démocratique qu'entretient la bureaucratie de libre-échange, elle s'est prise au jeu de redorer son blason en adjoignant le sac de riz à la mitraillette. Elle illustrait ainsi le programme du Fonds Monétaire International : distribuer de la nourriture aux populations affamées et des armes aux gouvernements qui les affament.

Pourtant, il n'est pas exclu que se faufile aussi sous l'hypocrite couverture des interventions humanitaires une préoccupation éthique attestée chez certains magistrats qui propagent la vertu citoyenne jusque dans la police et dans l'armée.

La morale néo-capitaliste ne désespère pas de reconvertir les forces de l'ordre, que la désaffection du capitalisme financier entraîne dans le désarroi général, en institutions d'assistance à personne en danger. N'y aurait-il pour les justifier que le nombre croissant de catégories sociales menacées dans leur droit le plus élémentaire à la survie qu'elles feraient œuvre d'utilité sociale et d'économie en s'épargnant les frais toujours élevés des tumultes et émeutes à réprimer.

Il s'agit, dit-on, d'accorder à l'homme, à la femme, à l'enfant, au milieu naturel une protection armée partout où ils sont menacés. Certes on perçoit l'intérêt de détourner de leur vocation destructrice les habiles sophistications de l'armement moderne afin qu'en bénéficient la technologie des énergies naturelles et les instruments d'une amélioration de la qualité de vie ; mais comment combattre pour le progrès de l'humain avec des moyens inhumains, à l'aide d'une arme dont la fonction est de tuer ?

L'éthique tourne une telle difficulté, elle invoque le droit de détruire ce qui nous détruit. Cependant, sa raison triomphe par défaut. C'est une victoire dont il faut redouter les effets que de n'avoir d'autre recours pour sauver une vie que d'égorger celui qui la voulait ôter.

Rien n'importe comme de nous rendre assez vivants pour nous trouver immunisés contre cette mort sournoise qui nous la fait désirer et en sollicite l'occasion sous les espèces raisonnables de la maladie, de l'accident, de l'agression.

Fussions-nous plus attentifs aux troubles de la jouissance — pour les corriger ou en rire, les désengorger ou les dédramatiser — que nous nous mettrions davantage en disposition de ne requérir partout que le vivant. N'est-ce pas le meilleur moyen de ne pas céder prématurément à son contraire ?

Le libre-échange a répandu la paix en ramenant la guerre à une compétition de marché. Maintenant que le circuit des échanges gravite autour du monde comme un anneau délétère, la compétitivité perd son sens. Sous le faux-semblant d'intérêts divergents, elle obéit à la concentration du capital, auquel elle sert de prétexte pour liquider les secteurs de faible rapport et accroître la masse financière inerte.

Il n'existe plus, dans le grand acquiescement au profit, qu'un seul espace concurrentiel, l'arène où s'affrontent chaotiquement des millions d'êtres humains aspirant à vivre et une bureaucratie prête à les anéantir pour peu que leur mort ait un prix.

Le néo-capitalisme y perçoit comme une compétition où le renouveau social fourbit ses armes contre les puissances de l'argent mort, qui l'entravent et l'interdisent.

Or, à la différence de la survie, la vie n'est pas compétitive. Si heureusement que la balance d'un marché de la qualité penche en faveur d'une humanité moins opprimée, nous ne voulons pas que la vie y soit pesée. Nous ne voulons plus ni d'un rapport de force où la volonté de puissance reprenne du poil spirituel de la bête, ni d'un rapport d'échange, où le vivant se dégrade en chose morte.

Notre époque a besoin d'une grande bouffée d'air frais, qui la revivifie. Vienne le temps où chaque individu, rejetant l'apathie dont tire sa force le pouvoir léthargique qui l'opprime, se change en guerrier sans armure et sans autre arme qu'une invincible force de vie. Qu'il combatte sans relâche pour ce qu'il a d'unique et de plus cher au monde, sa propre existence, vrai champ de bataille où nerfs, muscles, sensations, pensées répondent à la sollicitation de désirs obnubilés par la passion de jouir et que contrarient, refoulent, mutilent et nient les mécanismes d'une économie qui exploite le corps à l'égal de la terre.

Rien ne nous sera jamais acquis d'une destinée qu'il s'agit chaque jour de tisser en arrachant le fil au travail des Parques (les Grecs ne s'y sont pas trompés, qui ont le mieux symbolisé la malédiction laborieuse). Une seule reconversion nous importe, celle qui restitue à la volonté de vivre l'énergie que nous employons à la perdre.

Les idéologies politiques ont fondu dans le creuset de leur enthousiasme la substance des religions mais elles en ont conservé avec l'esprit le moule qui les peut reproduire. Lorsque l'impérialisme du libre-échange a délité les idéologies de masse parce qu'il n'en avait plus l'usage, le vieil esprit, séparé de la vie et l'assujettissant au mensonge d'une puissance qui lui fût extérieure, se perpétue dans les mandements d'une économie dont l'exercice on ne peut plus terre-à-terre s'autoriserait volontiers d'une fatalité inéluctable et pour ainsi dire céleste.

Il n'est pas jusqu'à l'éthique de la nouvelle citoyenneté, position avancée du néo-capitalisme, qui ne consacre la scission originelle où la conscience du vivant devient si étrangère à elle-même qu'elle opprime et subvertit ce dont elle est l'émanation.

Tant que nous ajouterons foi à un esprit venu de l'au-delà, comme un extraterrestre ignorant nos désirs qui sont les désirs de la terre, nous nous retrancherons de cette foi en nous-mêmes dont le corps — pour autant qu'on ne le tourmente pas — irradie naturellement, comme s'il désirait enraciner partout l'éternité du vivant.

Tout au-delà est un en-deçà de notre vie inaccomplie.

La pire corruption est la corruption artificielle du vivant. Les conditions extérieures, qu'en représentent l'économie parasitaire et sa bureaucratie mondiale, avec son clergé d'experts dont les prévisions sans cesse démenties n'entament pas le crédit, n'auraient pas le poids d'oppression qu'elles s'accordent si nous ne les invitions, par lassitude, veulerie, complaisance, à pénétrer en nous, à fournir un prétexte plausible à l'obligation dont nous arguons pour nous amenuiser, racornir, rapetasser à la dimension de nos désirs mutilés. On ne lutte pas contre l'économie en s'économisant.

Chez les mystiques et les illuminés du passé, le jaillissement du divin occultait et pervertissait le jaillissement du vivant. Dans le frémissement de la chair, les passions refoulées se consumaient sous une flamme qui aurait dû en raviver l'ardeur. Leur exaltation prêtait à la vie l'esprit d'un cadavre, parce qu'ils l'enserraient dans un corps trop étroit pour ce qu'il contenait de puissance.

Nous voulons, à l'opposite de ces gens-là, nous couler dans le corps unanime de tout ce qui vit. Qui découvre au fil de désirs qu'il affine patiemment la source d'une vie universelle sait qu'il atteint le centre de ses parcours labyrinthiques et que, si loin qu'il s'égare, il en demeurera proche.

L'hédonisme consommable a ravalé au ridicule d'où il n'aurait jamais dû s'élever l'odieux emblème de l'homme crucifié sur un arbre mort. Mais quoi ! Ces foules qu'il a si souvent contraintes à s'agenouiller se prosternent d'elles-mêmes sans qu'un pontife invoque la colère de Dieu et les bonheurs d'une vie désincarnée. Elles s'avilissent sous le joug vulgaire d'une bureaucratie qui les assimile à des machines à sous, sans autre espérance que de n'aller pas avant terme au rebut.

L'hédonisme une fois répudié par l'austérité budgétaire, le sacrifice est remis à la mode. Il faut renoncer à la chair pour le plus grand profit d'une économie qui, pressentant sa fin, se donnerait volontiers pour divine et éternelle. Du nord au sud et de l'est à l'ouest la servitude volontaire renoue avec le geste ignoble du pécheur et l'on voit les peuples s'enfoncer dans la tête les clous d'une résignation suprême et se crucifier sur une planche de salut qu'ils appellent survie.

La réaction même à l'obscurantisme dominant n'est pas exempte de cette peur et de ce mépris de soi que sécrète l'esprit religieux. Un suintement malsain préside à la formation d'avortons divins identifiés à la brumeuse entité tellurique, qui menace de confire en transcendance cette présence vivante des êtres et des choses que les Anciens nommaient plaisamment sylphes, dryades, nymphes, kobolds, élémentaux, démons, elfes, génies, famuli, petit peuple, qu'en vérité ils avaient déjà eu le mauvais goût d'irriter en leur élevant des autels et en les assujettissant à des rites.

La religion est un résidu de l'animalité transcendée techniquement et spirituellement — à défaut d'être dépassée — par l'homme. Quiconque épargne une bestiole qu'il allait écraser par mégarde ou malignité perçoit à quel point la croyance en une divinité procède d'un pressentiment animal de l'aléatoire, où se joue sous l'empire de la peur et de l'espérance le jeu du salut et de l'anéantissement. L'homme en a démêlé la confusion à l'aide d'une raison qu'aiguisait et émoussait tout à la fois une pensée assez créatrice pour inventer l'outil et trop peu pour n'être pas travaillée en retour par son usage économique.

Passé l'époque où le galimatias théologique sauvait les âmes en envoyant les corps au bûcher, il ne subsiste, dans les pays où le régime agraire n'a plus cours, qu'une religiosité vaguement semblable à cette peur animale où s'exorcise un hasard mal disposé, comme s'il ne restait plus, devant la débâcle de l'industrie et des sociétés, qu'à prier.

Contrairement à l'assertion d'un imbécile jadis renommé, ce qui s'annonce n'est pas le retour du religieux mais son dépassement.

Le pouvoir céleste de l'économie s'est dissous dans la matérialité des échanges, dont il avait originellement représenté la transcendance. Ce qui a été bâti sur l'éternité et la puissance d'un Dieu inexistant l'a été par une imposture où le rayonnement vital s'est changé en radiation de mort.

Nous voulons bâtir nos sociétés sur l'éternité de la vie, selon une confiance en l'enfant qui, arasant les obstacles que l'économie élève sur son chemin, lui permette d'accéder à l'autonomie et à la réalisation de soi ; au lieu de l'affaiblir dans la quête servile d'une destinée dont il s'interdit de recevoir les faveurs en les sollicitant d'autres que de lui-même.

Rudolf Otto analysant l'effroi mystique signale que le verbe hébreu *hiq'dich* (sanctifier) correspond à un sentiment de terreur qui appartient en propre à la catégorie du sacré.

Le sacré marque de son sceau infamant une évolution où les hommes, devenant étrangers à eux-mêmes, se sont asservis aux conditions qu'ils produisaient. Il sanctifie la peur que l'esprit ressent devant l'effusion du vivant qui le nie. Il est le signe du mépris que se vouent ceux qui admirent et respectent chez les autres des privilèges auxquels ils ont renoncé et qu'ils finiront par haïr.

Nous nous dégagerons de l'emprise du sacré dans le même temps que, restituant à son unité naturelle la diversité d'un corps qui est inséparablement le nôtre et celui de la terre, l'acte de création abolira la séparation que le travail a creusée dans la substance humaine, artificiellement disjointe en matière physique et matière spirituelle.

La mutation de l'inhumain en une volonté d'accomplissement de la destinée humaine implique une alchimie où le sentir et la conscience du vivant opèrent des organes du corps aux éléments du monde, du cœur de l'homme au cœur de la bête, de l'arbre et de la pierre.

Seule la souveraineté de la vie déterminera le dépassement des religions. Que l'homme séculairement enchaîné au ciel, à l'au-delà, à l'Esprit, au Grand Objet Extérieur se relie enfin — selon cette *religio* dont nous n'avons connu que l'inversion — à lui-même, aux autres créatures, à la terre.

LA NOUVELLE ALLIANCE

Comment la nature humaine se dissocierait-elle de la nature terrestre alors qu'elle en est issue et que tous ses éléments la composent ? Que le travail y soit parvenu en les opposant l'une à l'autre et en les appauvrissant jusqu'en l'état aujourd'hui planétairement attesté dit assez en quelle évolution dénaturée et hostile à elle-même s'est engagée la destinée humaine.

L'émergence d'une économie de type nouveau, où la nature cesse d'être perçue comme un territoire à conquérir, subjuguer, violenter, piller, esquisse un contrat social fondé moins sur l'appropriation et l'oppression que sur l'alliance et la solidarité.

Il ne s'agit pas d'un retour à la nature, car elle n'existe plus en dehors de l'emprise que le travail a exercée sur elle. En revanche, comme elle nous a créés, elle peut se recréer par notre propre création.

L'homme est né d'une alchimie naturelle. La tâche des siècles à venir sera de la réinventer. Elle a modelé notre corps en l'éveillant à une vie dont il a été dépossédé et c'est désormais l'étincelle de vie qui subsiste en nous qui va nous éveiller à la conscience et remodeler sur l'éternité du vivant ce corps si méprisé qu'il naissait pour mourir.

Nous allons apprendre à renaître dans le sens de la vie.

Le projet d'une survie de l'espèce humaine reposant sur l'exploitation conjointe de la nature et de l'homme a socialisé la prédation animale à travers une économie concurrentielle où le plus fort dévore le plus faible. Entre la loi de la jungle et la loi du profit, il n'y a que l'écart de l'innocence et du calcul.

L'ordre même que les sociétés imputent et identifient à leur état de civilisation est-il autre chose que l'ordre issu du chaos, grâce auquel la nature se rééquilibre en détruisant ses surplus ? Comme la prolifération des lapins attire les renards, l'espèce prétendument humaine exige pour se perpétuer les coupes sombres de la guerre, du massacre, de la maladie, de la misère, de la même façon que le Dieu des marchés alimentaires élimine la surproduction de bovins.

Le refus séculaire de la nature lui a prêté des intentions dont prétendaient s'inspirer ceux qui professaient de la mépriser. On lui a fait dégorger ce qu'elle avait de pire pour lui extorquer ses richesses par les pires moyens ; comme s'il était justifié de la conquérir parce qu'elle est censée reconquérir tout terrain laissé en friche.

Comme si la forêt anémiant son trop-plein d'arbres apportait sa caution aux crimes de

Bonaparte, Hitler ou Staline ; comme si la peste, le sida et l'holocauste rwandais participaient d'une inhumanité nécessaire à la survie de l'espèce. La vérité est que l'économie tire profit de la barbarie qui économise l'homme.

L'ordre de la vie n'a rien de commun avec l'ordre exterminateur jailli du chaos de la survie et de la surpopulation. Il ne procède pas du réflexe suicidaire ni de l'autodestruction que programme une existence conçue pour s'user selon le profit d'un système étranger à ses intérêts. Il privilégie la qualité des êtres, des choses et de leur relation, les empêchant par là de se dégrader dans une quantité où le général nie le particulier et l'abstraction le concret.

Que chaque enfant naisse dans un monde qui le reçoive avec bonheur et non dans la fatalité, comme un être unique et non comme le produit d'une maternité prolifique, pour le plaisir d'une autonomie heureusement acquise non pour végéter dans la dépendance familiale, en tant qu'être humain non tel un chiffre dans les estimations religieuses, budgétaires ou démographiques. Voilà notre seule garantie contre la destruction globale du vivant que préméditent les stratégies de la surpopulation, de la surconsommation, de la surrentabilité.

L'ordre sanglant de la survie se condamne à disparaître avec le déclin des valeurs patriarcales, qui en représentaient la raison sociale. Conquérant, chef, militaire, policier, marchand, curé, père de famille, chasseur, tueur légal et illégal, tyran et esclave, toute une engeance, honorée d'un soutien millénaire et autour de laquelle gravitait la tristesse d'exister, s'est soudain désaxée, s'émiettant dans le ridicule, s'éparpillant dans les musées de l'archaïsme et du discrédit.

Ceux qui jadis subissaient le mépris que commandait une obédience presque unanime à la force et à la ruse — l'enfant, la femme, la faune, la flore, la terre — forment aujourd'hui le noyau central d'une galaxie en train de se créer. De là rayonne déjà, révoquant cette intelligence abstraite du vivant et si bien rompue à l'arraisonner, une intelligence sensible, une sensualité lucide, une approche sensitive où la poésie redécouvre son sens originel, celui d'agir à la racine des êtres, des choses, des circonstances.

Que l'on cesse de dissocier du sort misérable réservé aux hommes, aux femmes, aux enfants la mise à sac des paysages, le massacre des bêtes et des arbres, la stérilisation de la terre. Un univers concentrationnaire ne s'anéantit pas par des luttes fragmentaires. Dans le combat pour la vie, tout relève de la priorité.

La plupart de nos connaissances reposent sur le meurtre des espèces et le tourment du monde. Nous avons besoin de nous instruire d'autre façon.

Ce qu'une vallée, un jardin, un chat, un regard émerveillé révèlent de beauté dans la simplicité de vivre n'est qu'un aspect infime de l'attrait qu'au-delà de la contemplation nous saurons un jour accorder à chaque instant de l'existence, avec cet art et cet amour que Turner mettait à faire surgir de ses brumes la lumière matinale.

Parmi la diversité des mythes à travers lesquels se sont exprimés le drame de l'homme arraché à la vie et son espoir de la recouvrer, la légende d'Orphée a le mieux sauvegardé une fascination dont la fin d'une époque souligne encore le caractère intemporel et irrésolu.

La délectation morose de Nietzsche avait bien perçu à quel point Apollon et Dionysos, en qui s'incarnaient respectivement l'ordre spirituel et le désordre de la bestialité, couronnaient de leur union contre nature la barbarie civilisée des sociétés marchandes.

Nous nous sommes lassés du défoulement dionysiaque dépeçant hommes et bêtes en de grandes cérémonies hystériques et du refoulement apollonien affublant des plus nobles raisons les débordements de la brute dont le commerce et l'industrie récupéraient l'énergie.

En Orphée s'accomplit le dépassement de l'animalité à visage humain et de la spiritualité à prétention divine. Il nous appartient aujourd'hui de démentir la légende. Il ne faut plus que, pour avoir harmonisé les fragments épars de la vie et voulu vaincre la mort par la puissance de sa poésie, Orphée subisse la tyrannie de l'échange et paie le salut d'Eurydice par une interdiction de se tourner vers elle et de lui offrir ce regard de l'amour qui précisément la sauve. Le don porte en lui l'inépuisable richesse de la vie que l'échange appauvrit jusqu'à l'épuiser. Orphée mourra sous la violence des Furies, frustrées de n'avoir pas perçu le droit de péage du désir, et dont le ressentiment déchaîne le meurtre et l'anéantissement.

L'approche affective et intelligente des bêtes sauvages ou domestiques recrée en chacun l'alliance originelle avec une animalité fondamentale. En nous sommeillent dans la grâce du vivant le serpent, le loup, l'oiseau, la vache, le rat et l'arche universelle des créatures dont la nature humaine est née et a tenté de se dégager peu à peu. Et au lieu de les reconnaître et de les connaître mieux afin d'en assumer le dépassement, nous les redoutons et méprisons avec un sentiment coupable qui nous les fait haïr et nous haïr dans le même temps. Plus l'homme de l'exploitation est fasciné par leur liberté à l'état brut, plus il s'acharne à les détruire comme une faiblesse à dominer, de peur qu'elle ne le domine. Misère de la volonté de puissance.

Ainsi la haine, la peur et la pitié que nous éprouvons envers les animaux, nous l'éprouvons pour nous-mêmes. Nous avons su être pires que des bêtes en justifiant par l'esprit les massacres de l'histoire et l'absurdité de la survie ordinaire, et jusqu'au remords qui s'y attache. Et nous voici désormais leurs égaux dans un univers concentrationnaire où moutons, vaches, porcs, poules cherchent à parer, par la folie et par la mort, au sort qui leur est fait. Il ne règne plus ici-bas qu'une immense pitié, d'autant plus recommandable qu'elle offre à l'ingérence humanitaire une source de profits à des taux d'intérêts croissants.

Le travail a instauré entre la bestialité de la force physique et la spiritualité maladive, censée la gouverner, une hiérarchie qu'abolira la double reconnaissance de l'animalité : en tant que mode d'existence spécifique inaliénable, et comme présence en l'être humain de ce qui doit être dépassé, non réprimé.

L'alchimie du vivant n'a pas pour but d'anesthésier la violence — comme s'y emploient l'économie parasitaire et le travail de la résignation. Elle en opère la transmutation en une force de création enfin capable d'accomplir le dessein de notre devenir : l'affinement de la nature animale en nature humaine.

Les manipulations génétiques témoignent d'une cruauté exercée à l'encontre du vivant avec une minutieuse obsession. Elles prolongent assez exactement le travail entrepris sur l'atome dont la fission change, en vertu d'une alchimie négative, le rayonnement de l'énergie vitale en radiations mortelles.

L'odieux de telles sciences réside moins dans leur absence d'imagination créatrice — rien n'est plus ennuyeux que de fabriquer des monstres dans un univers monstrueux — que dans l'asservissement auquel les ravale l'obédience au profit, qui pousse à l'extrême le mépris des espèces végétales, animales et humaines.

À la brute militaire, détenant hier les moyens de résoudre par la guerre une crise de surproduction, a succédé le bureaucrate racketteur qui, dans le laboratoire des affaires, excelle à tirer de l'homme, de la bête et de la terre le sang qu'il reconvertit en argent pollué et polluant.

S'il est dans la nature du vivant de comporter une souffrance inhérente à ses variations d'intensité, du moins détient-elle aussi le privilège d'y apporter remède. Nous avons fini par oublier que la jouissance donne son sens à la vie ; et non ce qui la trouble, l'angoisse et l'interdit.

C'est la mécanisation du vivant qui rend la douleur intolérable. Elle est l'absurdité qui tue et elle se pare d'une raison si ordinaire que nous tenons pour joie et plaisir les intervalles où son emprise se relâche.

Que l'interminable lassitude d'avoir à nourrir l'ennui de survivre nous rabaisse au misérable sort de l'animal traqué, voilà qui devrait au moins nous convaincre d'une plus grande sollicitude envers les bêtes de l'eau, de l'air et de la terre comme de la bête qui demeure tapie en nous.

Quand l'outil qui supplicie la nature aura cédé la place à l'outil qui en recueille les richesses, l'émancipation de l'animal soumis à la brutalité de l'homme participera de l'émancipation de l'homme lui-même.

*Dans la naissance du désir
renaît le monde*

Nous n'acceptons du monde que ce qui renaît à la vie.

Nos désirs n'auraient pas de fin si nous ne mettions tant de soin à leur en assigner. L'ignorance dont nous les entourons abrite le plus souvent la vocation de nous abîmer en regrets. C'est ainsi que la mort vient avant l'heure.

À mieux connaître nos obligations que nos privilèges, nous souscrivons plus volontiers aux lois qui nous dégradent qu'à la revendication de plaisirs qui nous confortent à vivre. Piètre civilisation qui voit dans la mort ce qui épuise la vie et non ce que la vie épuise.

L'individu prime la foule. Personne n'a de comptes à rendre à ce qui prétend le comptabiliser. Personne n'a de comptes à rendre, de toute façon, hormis ceux dont l'existence n'est qu'un chiffre.

L'état de résignation, d'où viennent tous les malheurs, a accoutumé de regarder le bonheur comme une brève éclaircie dans le ciel de l'ordinaire tyrannie. Les moments heureux ont toujours été reçus avec cette méfiance qu'éveillent l'insolite clémence de la fatalité et le caprice de ceux qui s'arrogent le pouvoir de les dispenser. Rien ne changera que dès l'instant où nous nous mettrons tout à la fois dans la tête et dans le corps que le bonheur ne s'acquiert pas comme une prime de retraite, qu'il relève d'une création permanente où il ne doit rien qu'à lui-même.

Je ne sais quel musicien le comparait à la clé qui règle la tonalité d'une portée et à la mélodie accompagnée qui se transcrit mesure après mesure. Quel autre sens y aurait-il à l'existence dont nous a gratifiés l'harmonie de deux êtres — si brève fût-elle — que de nous composer une vie à l'exemple d'une sonate ou d'une symphonie, avec ses accords, ses discordances, la science de les résoudre et l'art de moduler ?

Nombre d'évidences prennent des siècles avant de se manifester. Il a fallu que le libre-échange conquière la terre entière et la désole au nom de sa liberté pour se convaincre dans les faits que l'être humain ne se pouvait confondre totalement avec la marchandise. Encore en doit-on la révélation non à l'homme, si longtemps glorifié dans ses œuvres de mort, mais à la femme dont la constance à porter une vie, promise à une mâle destruction, a fini par rayonner et par ouvrir les portes du monde à une définitive renaissance.

Entrer dans la concordance du vivant ne relève pas d'une contemplation mystique mais d'un défi quotidien, d'une volonté alchimique où la matière brute du désir se transmute en puissance d'incliner en faveur de la vie l'incertitude des circonstances.

L'ère des créateurs a ses ennemis, ceux qui, renonçant à se créer eux-mêmes, s'en remettent du soin de se détruire à des instances supérieures, parfaitement rompues à ce genre de fonction.

Il n'y a rien à attendre de l'attente du nouveau. Nous sommes dans un monde dont l'audace consiste à vieillir.

La meilleure façon d'ôter la satisfaction au désir, c'est de l'espérer au lieu de la vouloir sans trêve.

La création contrainte retourne au travail.

On meurt de lassitude à ne s'atteindre jamais. Qui arrive en revanche à se tenir au centre de sa vie comme au point d'une gravitation universelle échappe en un moment à cet éparpillement de l'espace et du temps qui caractérise la survie. Toute création de soi part de cette situation-là pour la construire.

La suffisance à laquelle nous succombons volontiers lorsque nos désirs sont satisfaits forme l'écueil où ils se brisent au lieu d'aller plus avant.

Nous cédons trop aisément à une réaction de défense. Rechercher une protection, c'est inviter l'ennemi chez soi sous prétexte de l'amadouer. À invoquer la peur, on pénètre sur son terrain de chasse. Seul le patient exercice de la volonté de vivre dissipe la crainte que parsème une nécessité qui n'est pas la nôtre.

Tu peux tout parce que tu ne dois rien.

Nous abordons au seuil de sciences nouvelles. L'existence individuelle participe si intimement d'une vie diffuse — présente partout avec ses variations d'intensité, ses tempêtes magnétiques, ses étalements sereins — que la conscience naissant au croisement de ses rythmes et de nos désirs dispose aussi d'un savoir capable d'en modifier le cours ou du moins d'en tirer avantage. Le vieux rêve d'incliner les circonstances en notre faveur mériterait mieux que le dédain qui nous le fait rejeter dans le fantasme ou la magie.

Nous n'avons besoin ni de prières ni d'incantations mais d'un sens plus aigu de la poésie vécue.

L'indétermination qui s'attache aux événements, dont l'existence règle si mal l'issue, introduit dans la volonté de vivre un doute auquel il est de notre seul ressort de prêter les inconvénients du poison ou les vertus du fortifiant. Chaque fois qu'une flèche rate la cible, l'archer se décourage ou parfait son mouvement. La vie est indissociablement l'archer, l'arc, la flèche et la cible, une unité que le mouvement brise à se vouloir décompo.

Il s'agit non seulement de nous ressaisir mais de nous reconstruire à chaque instant d'une existence qui nous condamne comme êtres de désirs et prétend nous sauver comme produits de l'économie.

Nous sommes l'objet et le sujet d'une alchimie quotidienne dont nous demeurons le plus souvent dans l'ignorance, nous étonnant de ses effets comme d'un hasard heureux ou malheureux. La peur, la culpabilité, le mépris de soi, la tête qui met tout au revers du concret y déterminent sans que nous y prenions garde un processus de dissolution où la vie se cancérise et pourrit. La force de la maladie et de la mort, c'est de nous faire croire qu'elles ne sont pas de notre ressort. Mais allez donc, dans l'apathie dominante et l'esprit de corruption, parler d'une opération quotidienne où primerait sur toute préoccupation le soin de choisir ses émotions, ses sentiments, ses sensations, ses désirs afin d'en tirer par transmutation cet or de la jouissance qui est l'éternelle présence de la vie !

Tout désir de vie est un désir sans limite.

L'intelligence sensible dissout la carapace caractérielle où les désirs s'emprisonnaient comme, dans la foule et l'abstraction concentrationnaire, l'individu concret.

L'émancipation et l'affinement des désirs disposent par leur gratuité d'une arme absolue contre l'économie. Ce que je veux vivre n'a pas de prix.

N'accepter la contrainte qu'en la tournant en faveur du vivant.

Il en va de l'intérêt de la vie de s'épurer simplement des mécanismes et réflexes conditionnés qui l'ont si longtemps réduite au misérable état de survie. Le principe d'Havrenne « Il ne s'agit pas de gouverner et encore moins de l'être » s'applique sans réserve à la culpabilité, au sacrifice, à l'échange, à la peur, au refoulement, au défoulement, au mépris ; à tout ce qui entre dans la servitude du travail au lieu d'apprendre à créer et à se créer.

Se demander ce qu'il va advenir est une manière de s'égarer au lieu de courir à l'essentiel : vouloir à toute force qu'il n'arrive rien que de satisfaisant et d'heureux. Pour rudimentaire qu'elle paraisse, la manœuvre n'en est pas moins délicate. La présomption la gâte. Son effet se corrompt s'il s'y glisse de l'apeurement ou quelque culpabilité sournoise. Est-elle secrètement contrainte à la réussite ou à l'échec qu'elle faseye et met le voilier à la dérive. Ralinguer sans cesse au souffle de la vie importe davantage que d'arriver au port, d'autant qu'on peut garder un cap en louvoyant au gré des désirs.

La compétition et la concurrence relèvent de mécanismes qui régissent l'économie et la survie de ses producteurs. Nous récusons toute pédagogie qui les propage et ravale l'enfant à l'état de marchandise. Nous ne nous battons pas pour survivre dans une animalité supérieure mais pour vivre selon la destinée des hommes. Nous ne voulons pas être les meilleurs, mais nous créer la meilleure des vies possibles.

La connaissance de soi commence avec l'identification de ses désirs. Affiner les sollicitations de la vie jusqu'à ce qu'elles soient la vie même coupe au plus court dans les méandres où phobies, fantasmes, angoisses, troubles, déséquilibres et états morbides dessinent sur le territoire du vivant la carte de la mort. L'attrait des jouissances vaut tous les fils d'Ariane.

Savoir ce que tu veux, vouloir ce que tu sais. C'est là tout le secret de l'autonomie et tout le principe d'une éducation où il s'agit d'apprendre à apprendre seul.

Il n'est rien que nous ne puissions nous efforcer de tourner en notre faveur. À surpasser la crainte, le doute, le sentiment de la mort, l'existence s'ébroue, sort de ses assoupissements avec une vivacité qui la ferait soupçonner d'invoquer le danger pour s'extirper mieux de sa torpeur. Le phénomène inverse, aisément observable, montre à quel point la maladie, l'accident, le malheur sont appelés à prêter du relief aux jours que le destin étire et étale sous le poids de l'ennui.

La conscience sensible du vivant fonde un nouveau mode de perception dont la pensée et l'action sont solidaires.

Nous sommes engagés dans un processus révolutionnaire dont la plupart ne possèdent même pas la conscience. Nul pourtant n'échappe à la conflagration mondiale où la société vivante affronte en un combat décisif la société marchande. Nous participons, sans en bien ressentir l'importance, au combat de la gratuité de la vie contre l'agonie rentabilisée.

La bataille ne se mène pas à la façon des militaires. Elle n'escompte ni défaite ni victoire, elle ne mise ni sur la tactique ni sur la stratégie, elle ne mobilise ni la force brutale ni la ruse. Elle ne repose sur aucun projet, aucun plan d'action. Elle se joue entre un dépérissement des choses, une lassitude des êtres, qui convainc de mourir, et la renaissance permanente d'une vie qui ne cède pas, s'arroge des droits, progresse par sa tranquille obstination à ignorer les entraves.

Il y avait hier pour nous anéantir les hordes formidables de la volonté de vivre inversée en volonté de puissance. L'effondrement du pouvoir patriarcal a dispersé les dernières armadas. Nous n'avons d'autres ennemis que nous-mêmes, d'autres armes à redouter que la passivité et la résignation qui gagnent, d'autre péril à encourir que celui de renoncer à l'exercice d'une vie dont chacun de nos désirs, du plus futile au plus irrépressible, proclame l'exigence.

Au cœur des moments d'exaltation et de dépression se croisent le meilleur et le pire selon un choix dont nous avons si souvent abandonné l'esquisse préliminaire aux tumultes du ça que notre résolution finale n'a pas le poids que nous lui souhaitons. Il nous manque la constance d'une volonté de vivre sans cesse attentive à ce qui la conforte, et cette tension qui se dénoue en grâce et éloigne de nous la peur, la vanité, le sentiment de faute et d'impuissance, toutes dispositions propices à la mauvaise tournure des choses, événements et circonstances.

Se sentir bien ne résulte pas d'une prise de médecine, d'alcool, de drogue, de spiritualité ou d'un hédonisme de marché. C'est établir une relation avec ce que l'on éprouve en soi de plus vivant, jusqu'à cette vibration issue de tout ce qui vit, où le corps et le monde se découvrent un langage commun, une musique ou une poésie de l'action unanime.

Telles sont les impulsions de l'enfance, que l'adulte prend tant de temps et d'énergie à redécouvrir, sans le plus souvent savoir qu'en faire.

Nous sommes instruits à tout ignorer de nos bas et hauts-fonds alors que nous y naviguons sans discontinuer. Que savons-nous de ce cloaque où ne s'opère pas le partage entre les eaux vives et les eaux usées, entre la source de jouvence et la pluie des vieillissements, entre l'efflorescence des désirs et ceux qui, les reins brisés, la viennent contaminer en pourrissant ?

Au reste pourquoi s'en informer si ce n'est dans la foulée d'une vie moins soucieuse de considérer les obstacles que de les contourner ou de bondir par-dessus ?

L'homme archaïque ne nous aura rien appris sur la volonté de vivre. En revanche, nous savons tout sur la volonté de puissance, qui en est l'inversion. Il faudra lui reconnaître ce mérite de nous avoir éclairés sur ce qu'il y avait d'absolument inconciliable entre la propension à dominer, s'assujettir, s'approprier, s'aliéner, s'enrichir, s'appauvrir, et le désir de se créer une destinée, de jouir de soi et du monde, de rechercher en chaque plaisir la plénitude.

La nouvelle alliance avec la nature puise dans le développement technique que lui lègue l'économie d'exploitation la capacité de pousser à un stade supérieur l'économie de cueillette. Elle fonde une nouvelle réalité, une nouvelle rationalité, une aventure où l'élément humain reprend ses droits et se prépare à explorer les innombrables ramifications que le vivant propage sous ses formes les plus diverses dans le tissu minéral, végétal, animal, tellurique.

Se maintenir au centre du subjectif n'est ni repli sur soi ni exil, mais dérive avec la conscience sensible et tentaculaire du vivant. Nous avons tout à gagner de ne nous perdre plus jamais dans les filières du travail et de la rentabilité.

Nous aurons à pâtir de n'avoir jamais qu'une valeur économique tant que nous n'aurons pas résolu d'accorder aux moments de la vie et à l'art de les créer une valeur unique et absolue.

Se sacrifier pour les autres aboutit tôt ou tard à les sacrifier. Assurer son bonheur prédispose en faveur des autres, au lieu que le malheur rend haineux.

Nous désirons nous reconnaître par analogie avec le vivant, non par comparaison avec ce qui nous mesure. Par la qualité, non par la quantité.

Que le plaisir d'être en compagnie du vivant révoque la compassion qui, souffrant avec tout ce qui souffre, perpétue la misère pour la mieux consoler ! Il n'est pas d'autre moyen d'en finir avec les religions.

Qui prête moins d'attention à ses désirs qu'à son travail ne devrait pas s'étonner qu'ils travaillent contre lui.

Il faut, pour s'identifier à une nation, une idéologie, une religion, une fonction, un rôle, un titre, un chiffre, un caractère, n'avoir pas encore découvert dans le désir qui crée la vie la seule identification qui s'accorde à l'humain.

L'ordre du vivant ne distingue ni inférieurs ni supérieurs. La diversité des hommes qui se battent pour vivre ou pour mourir, tantôt avec les armes de la vie, tantôt avec les armes de la mort, est la diversité même où chacun se débat. Le bonheur exige tant de lumières et de discernement que l'agonie et le malheur quotidiens n'ont qu'à miser sur l'ignorance et la fatigue pour jouer gagnants.

Admirer et mépriser sont l'avers et le revers d'une monnaie d'échange qui fixe le cours des êtres et des choses. Le jugement relève de l'univers marchand. Nous ne voulons connaître et nous connaître que par affinités et discordances.

Nous allons laver aux grandes eaux de la vie les maculations de la faute et de la culpabilité dont l'économie religieuse et la religion de l'économie ont entaché nos gestes et nos pensées. Tu ne dois rien et rien ne t'est dû. Plutôt que d'imputer la responsabilité de ton échec ou de ta réussite ou aux autres ou à toi-même, quitte le cercle où la réussite et l'échec forgent les chaînes de ta servitude volontaire. Vis comme tu le veux afin que le monde soit tel que tu le vis.

Seuls sont comparables les objets et les êtres soumis à un rapport marchand. La qualité de la vie est unique et inaliénable. Rien n'a de prise sur la volonté de vivre et sa conscience.

Le bonheur se crée et ne se paie pas. Il se fonde sur la gratuité des jouissances, comme l'hédonisme sur les plaisirs marchands.

L'ignorance originelle et la raison marchande ont emprisonné le génie de la vie dans un graal bouchonné par le sacré et d'où n'irradie qu'une lumière de mort. La mémoire des légendes n'a jamais manqué de rappeler que l'être assez innocent pour franchir impunément l'étendue de la peur et du morbide aurait le privilège, en libérant le génie de la lampe aladine, d'exaucer ses désirs. Tel est le grand-œuvre de l'intelligence sensible qui, en batifolant, affole les mécanismes de la raison marchande.

Nous appartenons à une violence native, qui crée et ne tue pas ; accroît la vie dans les désirs et non la mort en ce qui les contrarie. La patience, ici, consiste non pas à supporter l'oppression mais à guider l'élan qui la brisera. La lucidité naît entre les rires et les colères de l'enfance, à l'endroit où nous apprenons à renaître en dénouant et en tranchant les nœuds gordiens dont l'inhumanité entrave la libre circulation du vivant.

L'intelligence sensible est à l'intelligence prédatrice ce que la création de l'homme individuel est au travail d'adaptation de l'espèce.

La raison et la déraison qui nous guident et nous égarent obéissent à une logique marchande que déterminent l'échange et la plus-value. Les explications scientifiques gagneraient sans doute à passer au crible l'esprit de rentabilité matérielle et spirituelle qui les a inspirées. Une telle décantation est indispensable à l'emploi très différent que leur réserve un apprentissage où il ne s'agira plus de causes et d'effets rangés dans l'ordre de ce qui s'achète et se vend mais du mouvement des êtres agissant en résonance, consonances, dissonances, concordance avec ce qui vit.

En se tenant au centre du vivant, la subjectivité invente une nouvelle gravitation sociale. L'unisson d'une présence humaine et irrévocable exclut toute forme de hiérarchie, de domination, de soumission, de dépendance, de respect, d'obédience.

L'homme archaïque est l'homme de la survie, l'individu réduit à l'espèce, l'être concret abstrait de lui-même.

L'homme nouveau est en train de naître en identifiant ses désirs, en les recréant et en faisant prévaloir sur les préoccupations de survie un véritable style de vie. Ce que l'idéal humaniste de la Renaissance avait esquissé abstraitement et selon les droits les plus élémentaires de l'existence trouve à se parfaire dans un monde qui renaît à la vie.

Apollonios de Tyane formant le dessein d'ouvrir la porte des fleurs, la porte des oiseaux, la porte du feu, la porte de l'air, la porte de l'eau, la porte des arbres et de la terre n'a d'autre projet qu'ouvrir la porte que l'homme a fermée sur lui-même en se fermant au monde de la vie. Sa modernité dit assez qu'au terme de dix mille ans de progrès économiques l'humanité n'a progressé que dans la conscience de sa spécificité.

La vie est un défi à la survie et à la force des choses qui la contraint. Il se propage une folie de meurtres et d'agressivité : elle est le revers exact d'une folie de vie que notre pusillanimité nous interdit de propager. Les résignés que le désespoir et l'ennui tuent dans la jungle des villes trouveraient déraisonnable d'investir la Bourse pour s'y loger et de défricher une rue pour y cultiver un jardin. Le seul choix qui se dessine s'offre pourtant dans l'alternative d'un déferlement de mort ou d'une grande exubérance créative.

« Sois ce que tu désires et deviens ce que tu es » est l'œuvre d'une vie que rien ne pourrait entraver.

Accorder chez l'enfant une priorité absolue à l'intelligence sensible, à une approche où le vivant se dévoile comme mouvement de création.

L'amélioration de la vie n'admet aucune économie.

Nous sommes trop lucides pour nous reprocher de ne l'avoir pas été assez. Il n'y a ni à s'infatuer d'avoir raison ni à se mépriser d'avoir eu tort. Qu'il nous suffise de frayer à nos désirs une voie plus humaine.

Être humain, c'est affiner les désirs jusqu'à créer un monde qui les exauce. Ce qui s'est transformé par le travail mérite aujourd'hui d'être radicalement changé par la création.

Au-delà de la société où la valeur d'usage prime la valeur d'échange s'annonce une société où la gratuité des désirs primera sur toute valeur marchande.

La mort gagnerait en agrément si l'on s'en accordait le droit après avoir tout entrepris pour assurer le triomphe de la vie.

La souffrance aussi mérite d'être revue et corrigée. La plus commune est celle que la mort greffe sur la vie qu'elle économise et à laquelle elle impose son sens. Nous ne l'avons que trop longtemps tolérée. L'autre participe des rythmes de la vie, qui a pouvoir de l'apaiser. La douleur n'épargne pas l'enfant qui s'arrache aux liens affectifs dans le but de conquérir son autonomie ; elle ne se confond pas cependant avec le mal que provoque une dépendance où l'on renonce à soi pour s'en remettre au caprice d'un maître et au hasard des circonstances.

La plupart de nos désirs sont à réinventer. Tout l'art consiste à les rapporter à la vie, en sorte qu'ils reprennent leur cours sans que les barrages ordinaires les fassent refluer sous le signe de la mort.

Ce qui ne s'ouvre pas à la vie se referme sur sa mort. Les citadelles implosent ou explosent.

Nous n'avons connu du merveilleux que son ombre, la sorcière plutôt que la fée. Nous voulons des mystères qui ne recèlent plus d'horreurs. Le simple émerveillement d'une vie inconnue.

La volonté de puissance nous a fait la proie des circonstances alors que nous estimions exercer sur elles notre emprise. Dans son libre exercice — qui est la tâche la plus malaisée — la volonté de vivre ne soumet ni les êtres ni les choses, ni n'est soumise à eux. Elle les aimante de son pouvoir de vie.

La dépendance corrompt le plaisir. Il ne s'accommode ni de l'argent, ni d'un maître, ni de quelque drogue que ce soit, religieuse ou chimique.

La volonté de vivre est semblable à la Grande Puissance dont parle Simon de Samarie. Elle réside en nous. Mais si elle demeure en sommeil, « elle s'évanouit et disparaît comme disparaît dans l'âme humaine la puissance à la grammaire ou à la géométrie ; car la puissance, aidée par l'exercice, devient la lumière des êtres, mais sans l'exercice, elle n'est qu'inhabileté et ténèbres ; elle disparaît avec l'homme qui meurt comme si elle n'avait jamais existé ».

La conscience séparée du corps a produit l'esprit de la marchandise. Il s'est formé une intelligence des êtres et des choses obéissant aux lois du pouvoir et du profit qui s'exerçaient sur eux. Privée de lumière, l'aperception des sens n'a plus livré que des émotions désordonnées et obscures, d'où procède la volonté de puissance, vertu par excellence d'une économie qui conquiert, viole et aliène.

La raison du désir se moque de la raison économique. Il ne manque à la volonté de vivre pour s'ériger en force irrésistible que la conscience du corps libéré du travail et rendu à la sollicitation de ses désirs.

Ne rien tenir pour assuré engage à combattre comme si rien n'était impossible. La vie rayonne et se transmet par jouissances. Rendre au désir l'énergie que le travail lui arrache marquera, plus que la conquête des étoiles, le grand bond des hommes vers la toute-puissance de l'humanité.

Il faut tenir pour un des crimes majeurs de l'inhumanité d'avoir assimilé la sensibilité à une faiblesse, comme si la force émanait non de la vie mais de la brutalité qui la réprime. La fin de l'économie d'exploitation et de la volonté de puissance confirmera à quel point la sensibilité alliée à sa conscience forme la seule puissance capable d'assurer la souveraineté du vivant.

Au-delà de la mort à l'état endémique que le corps mécanisé impose comme le sens même de la survie, nous allons réinventer une mort naturelle qui soit à la vie pleinement vécue ce que la mort prématurée est à l'ennui d'exister pour travailler.

Il émane de la volonté d'être à soi et à nulle autre circonstance un état de don et de disponibilité où, de ne rien attendre, tout (ou presque) vous échoit heureusement. Ainsi en va-t-il de la grâce qui, sans être recherchée, couronne un effort constant.

La mutation sociale viendra de la conscience individuelle du corps et de la terre libérant l'énergie d'où se crée la plénitude du vivant.

La civilisation marchande est fondée tout entière sur l'interdit de la gratuité. De lui découlent les entraves imposées aux désirs, à leur affinement, à leur harmonisation et à l'accomplissement d'un devenir humain. Il a été le premier d'une ère qui s'achève. Il en sera le dernier lorsque, stimulés par la gratuité des énergies naturelles, nous aurons résolu de ne plus payer pour quoi que ce soit ni de quelque façon.

La volonté de vivre est à l'avenir de l'humanité ce que la volonté de puissance fut à son passé inhumain. C'est d'elle que se créeront les situations où il sera permis à chacun de se créer.

Nous nous sommes si longtemps défiés du possible que le vieux monde s'est refermé sur nous comme une tombe. Il faut, pour en sortir, apprendre à défier l'impossible. Il n'est pas nécessaire d'attendre l'immortalité pour se déterminer à vivre comme si l'on ne devait jamais mourir.

Il appartient à chacun de découvrir en lui le point d'assemblage où le vivant, partout présent, se concentre. De la gravitation universelle où le vouloir-vivre se manifeste nous ne ressentons le plus souvent que le déséquilibre et la rupture. Le travail et la mécanisation du corps mettent hors de soi, décentrent le désir et ce qui le reliait au vivant s'enchevêtre et se resserre soudain dans les nœuds de l'angoisse, de la peur, de la culpabilité, de l'existence ordinaire.

Ce qui nous échoit d'heureux a été voulu tel du fond de la conscience et de l'inconscience heureusement accordées. Le malheur naît d'un désaccord avec nous-mêmes dont peut seul nous préserver la suprématie, sans cesse exercée, de la vie sur la mort.

Nous nous sommes laissé dominer par le sens du dépérissement. Or il y a dans chaque moment l'appel d'un épanouissement.

L'énergie animale de nos pulsions est la matière première d'une alchimie où la vie créerait l'humain qui crée la vie si nous ne passions pas nos jours à transformer l'or en plomb.

Il a fallu des millénaires pour que la médecine s'intéresse aux plaisirs du corps plutôt qu'à ses souffrances ; et encore n'en est-elle pas à privilégier les premiers pour guérir les secondes. À quoi nous sert une conscience qui scrute le monde tel qu'il est et ne s'emploie pas à dépasser la survie et à nous créer, pour la première fois dans l'histoire, les conditions d'une vie authentique ?

Nous avons moins besoin des droits de l'homme, de la femme, de l'enfant, de l'animal, de l'environnement que d'une conscience du vivant, capable d'assurer partout sa souveraineté. Le mépris de l'homme pour la bête et pour l'arbre qu'il abat par goût du pouvoir et du profit est de la même essence inhumaine que le mépris de l'homme pour l'homme, en quoi réside la cruauté de toute exploitation. La beauté de tout ce qui vit est la poésie à venir.

Il n'y a rien qui puisse autant nuire à un homme que lui-même. Étienne de la Boétie a dit en quelques lignes ce que des millions d'êtres pensants ont voulu ignorer pour n'avoir pas à se créer : « Soyez résolus à ne plus servir et vous voilà libres... Quelle malchance a pu dénaturer l'homme – seul vraiment né pour vivre libre — au point de lui faire perdre la souvenance de son premier état et le désir de le reprendre ? »

La vie prime l'économie. Telle est la pratique individuelle et collective d'où naîtra la véritable internationale du genre humain.

La vie se joue à chaque instant, avec ou contre nous, selon la volonté et la lucidité que nous y engageons, ou non.

Nous ne reconnaissons d'autres lois que celles qui contribuent au progrès de la vie.

La révolution n'est rien d'autre que le mouvement qui impose la réalité de la vie à la réalité économique qui la nie.

Nous avons introduit la lumière dans une tête obscurcie par l'intérêt au lieu de la placer dans un cœur obsédé par la générosité. L'esprit a été la fonction laborieuse d'un corps séparé de lui-même et du monde. Seul l'acte créateur détient la clé de l'unité.

Le vivant est le cœur sensible d'un univers qui est resté le nôtre bien que nous en fussions dépossédés à chaque instant. Rien ne nous en éloigne plus que l'état de résignation où le désir s'amoindrit.

Une société donne la mesure de son ignominie quand elle applaudit à la ruse du prédateur, qui caresse pour gruger, et tient pour sottise de s'ouvrir au monde et d'accorder aux hommes une confiance sans réserve.

Avec quelle facilité se propageait le réflexe de mort ! Il suffisait d'assener sur la main offerte du désir la règle de fer de l'interdit. La blessure infligée au vivant se tournait en rage de meurtrir et de se meurtrir. Nulle éthique n'a le pouvoir de redresser d'aussi funestes dispositions. C'est à la racine qu'il faut agir, et dans l'enfance, afin que l'innocence exclue de son chemin ces instruments de torture issus d'un passé révolu que furent la culpabilité, le sacrifice, le renoncement, la peur, la servitude, le mépris de soi et des autres, le refoulement et ses débordements compulsifs, le marchandage de l'offre et de la demande, les remugles de la volonté de puissance, la compétition et la concurrence.

Les plaisirs, les joies, les jouissances qu'il nous est donné d'éprouver sont nôtres à part entière. Seul le mépris de l'homme a pu les attribuer à la sollicitude des dieux, du hasard ou d'autrui. Leur grâce n'est pas échue d'un au-delà ni d'ailleurs. Elle découle d'un désir puisé au flux impétueux d'une vie qui bouillonne en nous. Un désir que nous avons créé dans le même temps qu'il se créait et nous créait.

L'homme nouveau naît d'une exploration de chaque geste, de chaque pensée, de chaque instant, avec l'enjouement et la désinvolture que confère l'inébranlable et discrète volonté : « Deviens ce que tu désires en sorte que chaque désir accroisse la vie en toi. »

Nous allons restituer à la volonté de vivre l'éternité et l'universalité dont l'avait dépouillée l'invention fallacieuse des Dieux.

Le pire effet du travail est de produire un temps qui travaille contre nous. Ainsi pénètre-t-il jusque dans le corps apparemment au repos, jusque dans le désir qui, à se chercher laborieusement, s'égare et se nie.

Se débarrasser d'une telle corrosion relève selon toute vraisemblance de la vanité du fer qui voudrait, au fond d'une eau croupie, se préserver de la rouille. Cependant, la corruption qui est partout est aussi dans la vraisemblance. La formidable réalité des choses qui nous oppriment résulte d'un envoûtement dont l'efficacité couvre le territoire de la marchandise mais s'abolit partout où la jouissance instaure la réalité de la vie et des êtres qui y participent en toute conscience. Il y a dans la gratuité du plaisir assez de puissance pour anéantir le monde du travail et de la réalité marchande.

Ne renonce à aucun de tes désirs et n'attends rien, comme si tout devait, à un moment ou à un autre, t'advenir. La volonté de vivre crée une nécessité intérieure sur laquelle se brisera la nécessité d'une économie appelée à se détruire.

Tout l'art du désir est de s'affiner dans l'insatiable sans verser dans l'insatisfaction.

La main qui caresse est aussi la main qui crée. Elle est l'enfance d'un style de vie où s'abolit le geste prédateur de la main au travail.

L'apprentissage de l'enfant implique une exploration des possibles où l'art d'éviter les dangers dispense de recourir aux interdits. Ce qu'il convient de faire ou de ne pas faire, la science du plaisir et du déplaisir l'enseigne mieux que les mises en garde et les admonestations, où s'instille sournoisement la vieille peur de vivre. Plus la vie gagne en puissance, mieux elle évite, en se jouant, les périls qui la menacent.

La création a ses doutes, ses errements, ses affres, ses souffrances mais elle a le privilège de les noyer dans l'ivresse de la vie à laquelle elle s'abreuve. Les nœuds et ligatures où elle a la maladresse de s'empêtrer, elle possède aussi le génie de les défaire ou de les trancher. Le travail n'a que l'usure de douleurs qui engendrent la mort.

Si nous aspirons à la quiétude et à la paresse, c'est à celles dont nous laisserait dépositaires une volonté de vivre si bien stimulée qu'elle agirait sans nous et pour notre bonheur constant. Un « Es muss sein » inspirant une destinée où rien ne s'agencerait que d'heureux, sortant des limbes de la mort ce « double » imaginé par les anciens Égyptiens et le projetant dans la vie avec mission d'en parfaire les apprêts. Nous ne voulons plus de rêves qui tournent au cauchemar, ni de réalité cautionnée par le délire de la rentabilité gouvernant le monde.

Nous avons désappris à vivre en apprenant à marchander. Le rapport d'échange et d'exploitation a introduit dans le savoir et les sciences une détermination inhumaine qui en a toujours gâté l'usage. Nous allons désapprendre à marchander en apprenant à vivre et fonder sur la gratuité de la relation affective le goût d'enseigner et la passion de s'instruire.

Ce qui subsiste de mystère dans le déroulement d'une destinée, si résolus que nous soyons d'en gouverner le cours, participe du mystère de la poésie. L'important n'est pas que les plus beaux élans puissent tourner court mais que n'en soit pas affectée la volonté de garder sans désemparer le cap de la vie.

Nous ne voulons ni nous dévoiler aux autres ni nous dissimuler à nous-mêmes. La survie exhibe ses tares et la disgrâce de ses plaisirs. À la volonté de vivre suffit une conviction secrète qui se détermine sans avoir à se démontrer. Elle est la subjectivité radicalement incommunicable et cependant présente et perceptible.

L'individu accomplissant sa destinée humaine par la réalisation harmonieuse de ses désirs fonde le projet de l'homme total. L'anti-Sisyphe nous dispense désormais de tout mythe.

Ce qui ne concourt pas à l'épanouissement de chaque être humain et de son milieu naturel appartient à la barbarie qu'entretiennent la résignation et le parasitisme.

Libérer le territoire de l'oppression et de l'obsession financières qui le saccagent, c'est créer une situation où soient inséparables la création de l'environnement et la création par chacun de sa vie quotidienne. La vie dessine les désirs comme la nature ses paysages. Il appartient à l'homme de s'y frayer un chemin pour les parfaire avec bonheur.

L'amour des plaisirs sans l'amour de la vie cherche de la chaleur dans les bras de la mort. Le « bon vivant » s'empiffre à en mourir. La vie s'inverse pareillement dans le salariat, l'hystérie du corps mutilé, la peste émotionnelle, le ressentiment et les plaisirs de survie où le meilleur engraisse le cadavre. Il faut toute la sottise du désespoir et de la misère pour s'enorgueillir de ce qui tue au lieu de tout rapporter à la vie sans se laisser déboussoler.

Le fanatisme adresse à ses séides le reproche constant de n'avoir pas assez la foi, entendant par là qu'ils ne renoncent pas absolument à eux au profit de ce qui les nie. Le pari sur la vie fonde une foi sans aveuglement ni fanatisme : une confiance en soi où s'accomplisse l'éternel retour de la puissance créatrice.

Le chemin le plus long et le plus court nous emmène vers l'enfance où le monde rêvait de s'accomplir. Du fond de nous s'élève le souffle d'une vie dont la puissance balaiera la mort, ou du moins sa poussière, sous laquelle s'ensevelit l'existence.

Se vouloir comme sujet et objet du désir si intensément que la vie renaisse jusque dans la volonté qui n'a pu s'accomplir.

Miser sur la volonté de vivre : l'inaccomplissement ne défait pas le désir, c'est le désir qui, dans sa constance, défait l'inaccomplissement.

Toute pensée, si universelle qu'elle se veuille, tire son sens d'un dialogue avec le corps. Ce qui n'émane pas des sens s'exerçant au bonheur dévaste la terre.

Nous sommes les enfants d'un monde dévasté, qui s'essaient à renaître dans un monde à créer. Apprendre à devenir humain est la seule radicalité.

On ne peut être soi et s'en remettre aux autres du sort qui nous accable. Se résigner à l'ordre des choses donne à notre misère des gages qu'aucun pouvoir n'est désormais en mesure d'exiger. Nous n'avons rien à attendre que de nous-mêmes et — coupant court à toute attente — de l'audace qui tourne en faveur de la vie la rage où l'impuissance travaille à nous détruire.

La création est une jouissance, elle se donne et ne s'échange pas. Même emprisonnée dans la forme marchande dont la revêtaient l'art, l'artisanat ou la recherche scientifique, elle a su se garder vivante ; à l'endroit même où nous émeut la beauté nous décèlerons quelque jour quelle humanité y a, dans sa puissance, déjoué l'inhumanité dominante.

La civilisation naissante n'a besoin ni d'idéologies, ni d'emblèmes, ni de décrets. La reconnaissance de la vie lui suffit, et l'omniprésence de la femme apprenant à l'enfant, afin qu'il les apprenne à l'homme meurtri par son pouvoir passé, les gestes de l'amour, qui sont les gestes de la création. L'Internationale à venir n'aura pas d'autre acte fondateur.

La vie se propage par le désir, non par la parole. Ce qui s'en peut dire ou écrire n'a qu'à se réjouir d'être inutile ou se moquer d'être insensé.

Qu'il nous faille parler de la vie parce qu'elle a été réduite au silence et ne parle pas d'elle-même dit assez en quelle abstraction la civilisation marchande nous contraint de singer notre réalité. Maintenant que se disloque la machine où nous tournions au revers de nous-mêmes, nous reste-t-il assez de force pour préférer à l'habitude de nous perdre le risque de nous trouver, l'effort de nous recréer, la passion de renaître ? Même les périls sont à réinventer.

Nous avons trop à nous préoccuper des jouissances désirées pour accorder à ce qui les contrarie une importance qui justifierait leur défaite. L'écharde contre laquelle nous n'avons su nous prémunir ne sanctifie ni la blessure ni la douleur. Ôter à la souffrance les raisons qu'elle invoque ne brise pas seulement la relation morbide que le tourmenté noue psychiquement avec sa douleur, mais révoque le caractère inéluctable dont s'affublent les événements qui troublent nos agréments.

La volonté de vivre est à la jouissance créatrice ce que la volonté de puissance fut à l'appropriation et à la destruction des hommes et de la terre.

La fin des prédateurs à visage humain annonce un renouveau des sens : la jouissance rend au vivant ce que l'appropriation en ôtait.

Aborder les êtres et les choses par ce qu'il s'y manifeste encore d'humanité sert mieux nos desseins et notre plaisir qu'avoir à les bannir ou à les détruire en raison de la barbarie dont ils nous menacent.

La qualité de la vie ne se satisfait pas de la qualité de la marchandise. L'hédonisme met les plaisirs au travail, comme si le travail n'était pas précisément ce qui les nie. L'hédonisme est le produit d'une économie, la jouissance est l'effet d'une création.

La société marchande dénonce elle-même le contrat par lequel les citoyens renoncent à vivre en échange d'une survie garantie. La faillite de l'État nous tient quittes de toute obligation, qui nous est escroquée, à commencer par celle de le payer puisqu'il ne nous paie plus en retour. Nous n'avons d'autre recours qu'en des alliances régionales et internationales où la pluralité des personnes et des désirs ait en commun une même et inébranlable volonté de la vie souveraine.

Les maîtres ne sont plus, les esclaves sont partout. Les princes, les empereurs, les despotes, les chefs, les tribuns, les hommes d'État ont cédé la place à des hommes d'affaires si préoccupés du sort de l'argent que le leur et celui de la terre les indiffèrent. Mais les opprimés sont toujours là à quémander qu'on leur témoigne un peu d'intérêt. Ignorant qu'ils n'ont plus rien à exiger que d'eux-mêmes, ils tendent la main à des fantômes.

Il faudra bien pourtant que la conscience s'engrène sur le vivant, qu'une soudaine mutation s'opère, changeant en être humain l'avorton issu de l'animalité et de la marchandise. De l'extrême dénaturation ne peut naître que le désir extrême d'une nature rendue à l'humanité qui la crée.

Savoir à quel ordre de choses la fatalité profite suffit sûrement à nous empêcher de croire en elle. Elle nous hantera cependant, comme l'esprit des dieux morts, tant que nous n'aurons pas entrepris, par une alchimie de chaque instant, d'imprimer à l'incertitude des circonstances la certitude de nos désirs.

La meilleure façon de ne pas nous encombrer d'une croyance selon laquelle, le sort de chacun dépendant de lui-même, il aurait pouvoir de le diriger à son gré, c'est de vouloir qu'il en soit ainsi, quoi qu'il arrive.

Nous mourons le plus souvent par inadvertance, en ménageant ce qui nous tue au lieu de secourir ce qui, en nous et dans le monde, ne demande qu'à vivre. Comme disait un de ces humoristes en qui s'incarne le mieux la philosophie de notre temps : « Se garder en belle humeur et bonne santé, c'est encore le meilleur moyen d'éviter les maladies et les médecins qui en vivent. »

L'alchimie radicale ouvre au rayonnement de la vie ce noyau du vivant dont la longue pratique d'une alchimie inconsciente et destructive ne tirait que des radiations mortifères. Le bonheur que nous conférons aux cellules du corps et aux éléments du monde a au moins le privilège de les arracher au cycle désolant où la pollution chimique et nucléaire s'acharne à détruire l'effet nocif qu'elle a produit.

Nous avons à apprendre des bêtes et des plantes ce que nous avons désappris de nous-mêmes en marchandant notre génie.

La terre est notre jardin. Le cultiver pour l'agrément des sens et selon le rythme des saisons qui soient aussi les saisons de la vie, telle est l'œuvre qui fonde notre éternité.

Léonard de Vinci reléguant dans le secret de ses *Carnets* les inventions dont il pressentait l'usage inhumain dénonce le drame qui accable le génie de l'homme : créer dans un monde qui interdit de se créer en le recréant.

Dans les décombres d'une civilisation où s'accumule une technologie le plus souvent employée à la ruiner, le seul choix qui nous reste est le bonheur de créer sans réserve. La naissance de l'humanité inaugure l'ère des créateurs.

Libérer la création du travail qui l'exploite est la seule façon d'en finir avec l'exploitation qui accumule sur le marché les produits arrachés, par le sang, la sueur, la souffrance et l'ennui, aux bêtes, aux enfants, aux femmes, aux hommes de tous les pays.

La rage de détruire en se détruisant profite au parti de la corruption dominante, qui ramasse et revend les débris. La volonté d'anéantir l'oppression reproduit l'oppression si elle ne se fonde pas sur la priorité absolue de la volonté de vivre.

Nous apprenons à nous souvenir de vivre comme les hommes de la survie se souvenaient à chaque instant d'avoir à mourir. Nous n'avons pas encore estimé à quel point nous avons été induits à désirer une fin au lieu de désirer sans fin.

Enfants qui dissiperez
le cauchemar du vieux monde

J'ai vécu en des siècles obscurs, m'exaltant des lueurs frêles et lointaines qui filtraient comme une aube de l'ordinaire clarté de vos jours. Le sommeil de l'imagination engendrait les monstres de la raison. Une cruelle faculté d'abstraire jonglait avec les syllogismes et les chiffres en nous dissimulant les arènes planétaires où le calcul de l'intérêt glacial décrétait que fussent épargnés ou abattus hommes, enfants, bêtes et arbres. Le sang des spéculations boursières n'éclaboussait pas les agioteurs ; les grandes eaux budgétaires lavaient les abattoirs du marché mondial. Le pur esprit des affaires a toujours produit la brute ignoble, avec l'élégance de ne pas y toucher.

Cependant l'hiver rêve si ardemment du printemps qu'il s'en vient. Dans le décor que l'argent bâtissait pour le règne de la mort, vos silhouettes légères et incertaines attiraient au-dehors des cimetières ceux qui cessaient de s'y complaire.

J'ai été de ceux-là qui pressentaient vos paysages, les effleurant d'une approche sensible et voluptueuse, car ils ont la tendresse et la violence des corps qui se cherchent. En ce là-bas si tramé d'imminence, le familier vous est enfin connu.

Dans le secret d'aller aux autres et à vous-mêmes comme la pluie va à la terre, vous avez découvert sans l'éventer le mystère de la plante, de l'animal, de la pierre, de l'enfant d'où s'initient à naître les hommes et les femmes.

Vous parcourez en dansant ou en claudiquant les parcs naturels du savoir. Vous apprenez les enchantements d'Orphée. D'un infime accord jaillissent les émerveillements de l'aventure et cette même et distincte beauté du crapaud et de l'orchidée.

Au profond de la forêt des désirs, où chacun sillonne le labyrinthe qu'il s'invente pas à pas, nul dragon ne surgit que n'ait le pouvoir d'apaiser celui qui, par maladresse, crainte ou perversité, en a suscité le péril.

Il n'est rien au regard du plaisir qui ne soit la vie même. Le génie de l'humain vous a menés au cœur unanime du corps et de la terre, où gît la puissance qui ne meurt pas, la racine se régénérant de son sang et de sa sève.

Pourquoi vous soucier d'autre héritage que de l'unique instant qui vous fit naître et vous confère l'incomparable privilège d'être unique et cependant partout présent où toute vie renaît et multiplie ?

La science, en vous renouvelée, se dispense sans réserve ni réticence, au gré de la curiosité dont s'enflamment, aux fêtes de l'inspiration, les saisons et les âges. Aimants et aimés, en quoi vous conviendrait-il de vous montrer tutélaires ou en quête de protection ? Il vous suffit d'errer par les champs magnétiques du vivant pour connaître l'art de l'aimantation, qui attire et repousse les êtres et les choses au rythme du temps, et fait ondoyer avec la grâce du serpent le chemin lentement tracé dans l'entrelacs des autres et de vous-mêmes.

Pénétrés du plaisir d'exister, vous êtes vous et vous êtes à tous sans que rien ni personne ne vous puissent saisir et capturer. Les promesses que la vie vous fait, vous gagez de les tenir sans comptes à rendre à quiconque. Ce que vous tentez de vivre à la pointe du désir, nul autre que vous ne le peut entreprendre. Vous caracolez seuls, armés de la seule force qui dispense d'armes et d'armure, dédaignant les compagnons de la mort et le sarcasme des cadavres. Le rire du vivant consume les cercueils.

Il n'y a pas de récompense puisqu'il n'y a plus de châtiment. Il n'y a que la jouissance mieux déterminée à croître et à s'affiner qu'à se défendre et s'aguerrir contre ce qui l'entrave et la nie.

Heureux celui qui, au-delà de tout sentiment de réussite ou d'échec, sans présomption ni mépris de soi, déroule le fil labyrinthique de l'existence en s'avouant : ainsi ai-je désiré du fond du cœur que cela soit.

De telles choses ne sont possibles que sur la terre.

Le 25 juillet 1996.

DU MÊME AUTEUR

TRAITÉ DE SAVOIR-VIVRE À L'USAGE DES JEUNES GÉNÉRATIONS, Gallimard, 1967 ; Folio Actuel nº 28.

LE LIVRE DES PLAISIRS, Encre, 1979 ; Labor, 1993.

LE MOUVEMENT DU LIBRE-ESPRIT ; GÉNÉRALITÉS ET TÉMOIGNAGES SUR LES AFFLEUREMENTS DE LA VIE À LA SURFACE DU MOYEN ÂGE, DE LA RENAISSANCE, ET, INCIDEMMENT, DE NOTRE ÉPOQUE, Ramsay, 1986.

ADRESSE AUX VIVANTS SUR LA MORT QUI LES GOUVERNE ET L'OPPORTUNITÉ DE S'EN DÉFAIRE, Seghers, 1990.

LOUIS SCUTENAIRE, Seghers, 1991.

LETTRE DE STALINE À SES ENFANTS ENFIN RÉCONCILIÉS DE L'EST ET DE L'OUEST, Manya, 1992.

LA RÉSISTANCE AU CHRISTIANISME : LES HÉRÉSIES DES ORIGINES AU XVIIIe SIÈCLE, Fayard, 1993.

LES HÉRÉSIES, Presses universitaires de France, « Que sais-je ? » nº 2838, 1994.

AVERTISSEMENT AUX ÉCOLIERS ET LYCÉENS, Mille-et-une nuits, 1995.

BANALITÉS DE BASE, Ludd, 1995.

LES PÉCHÉS CAPITAUX. I : LA PARESSE, Éditions du Centre Pompidou, 1996.

NOTES SANS PORTÉE (illustrations de Roland Roure), La Pierre d'Alun, 1997.

Composition Nord Compo.
Impression Bussière Camedan Imprimeries
à Saint-Amand (Cher), le 8 mars 1999.
Dépôt légal : mars 1999.
1er dépôt légal dans la collection : février 1998.
Numéro d'imprimeur : 990936/1.
ISBN 2-07-040337-8./Imprimé en France.

90478